# 山崎豊子と〈男〉たち

大澤真幸

新潮選書

# まえがき

山崎豊子は、まさに国民的な小説家である。ここで、「国民的」というのは、日本人のほとんどがその小説を直接読むか、あるいは小説を原作とした映像作品のいずれかに接していて、その内容や主人公のイメージを共有しているという意味である。

山崎の本は、累計で四千万部も売れている。日本の全人口のおよそ三分の一に匹敵するこの数字も驚異的だが、彼女の長篇小説のほとんどすべてが、映画かテレビドラマ、あるいはその両方になっており、それらの映像作品がいずれもヒットして、多くの観客を動員し、高い視聴率を獲得してきたという点でも突出している。とりわけ、登場人物のイメージは際立っていて、作品を離れて一人歩きし、世代や性別や職業の違いを超えて日本人の間で広く共有されてきた。たとえば、「財前五郎」が何者かを、日本人の多くが知っている。

このようなポピュラリティは、必ずしも、作品の文学的な価値を示すものではないが、その作品が、社会学的な主題としてはきわめて価値が高いことを意味している。彼女の作品、あるいはそこで造形されている人物が、日本人の心性に強く訴えるものがあったのだ。何が人々をそれほど惹きつけたのだろうか。

本書は、山崎豊子の作品を題材にして論じた、戦後日本の精神史であり、歴史社会学の試みである。

本書が探究している具体的な問いについては、第一章で詳しく論じているが、私の着眼点は、山崎豊子の「男」である。戦後の日本の作家の中で、彼女ほど「男らしい男」を造形しえた小説家はほかにいない。男が、そして女も、ついあこがれてしまう「男」、誰もが思わず魅了されてしまう「男」。山崎は、しかも、それを「男」の観点から描いた。どうして、山崎豊子が、女性の作家である山崎豊子のみが、「男」の観点から「男」を造形することができたのか。

このことを問い進めていくうちに、われわれは、日本の戦後の精神史を貫いている、ある基本的な筋を見出すことになるだろう。日本の戦後をまさに「戦後」とする、つまり日本の「戦後」を終わらせることがないある契機を、である。今、この世界で、「戦後」という時代区分が通用する国は、日本くらいしかない。他の国では、戦後はとっくに終わっている。しかし、日本では、「戦後は終わった」と繰り返し叫ばれてきたのに、いつまでも「戦後」が生き残りつづけてきた。「終わった」とか「脱却」とかを声高に反復すればするほど、かえって「戦後」は日本人に取り憑いたままである。どうしてなのか。山崎豊子の作品が、それを教えてくれる。

＊本文の年代表記に関して、「昭和33（1958）年」等と元号を前におき、カッコ内に西暦を入れてある場合と、逆に「1980（昭和55）年」等と西暦を前におき、カッコ内に元号を入れてある場合がある。これは、意図的に使い分けたものである。

# 山崎豊子と〈男〉たち　目次

# 山崎豊子と〈男〉たち

# 第一章　男を書いた女

## 男らしい小説

ジェンダーについての紋切り型のイメージをあえて用いて断言しよう。山崎豊子は、戦後日本の文学の中にあって「ほんものの男」「真に男らしい男」を描きえた唯一の作家であった、と。山崎豊子の、広く読まれ愛されている代表作の主人公たちは、実に男性的である。『白い巨塔』（１９６５―69年）の財前五郎を、『不毛地帯』（１９７６―78年）の壹岐正《いきただし》を、あるいは『沈まぬ太陽』（１９９９年）の恩地元《おんちはじめ》を、思い起こすとよい。

山崎豊子は、まさに「国民的」と呼ばれるにふさわしい流行作家であった。だから、彼女が、２０１３年9月29日に、享年八十九で死去したときには、多くの追悼文が寄せられた。『朝日新聞』（10月1日）に掲載された追悼の談話で浅田次郎が述べていることが、今私が断言した印象を作家の観点から裏書きしている。

山崎さんの作品は男性がみんな読んでいた。私もずっと読んできた。企業の内幕なんてあの世代の女性が普通、興味を持つだろうか、と私は思っていた。しかし、山崎さんは、ビジネスマンのための小説を書き続けてきた。登場人物も男なら、物語の視線も男。今、ドラマで話題の銀行小説よりも、『華麗なる一族』の方がマニッシュ（男性的）で硬派だと思う。男でも書けないような男らしい小説に興味をひかれた。

浅田次郎も、多くの読者をもつ人気作家であり、これまでの作品の中で、数々の魅力的な人物を描いてきた。その中には、そうとうに男っぽい男、かっこいい男もいる。たとえば、直木賞受賞作『鉄道員（ぽっぽや）』（1997年）。これは、鉄道を愛し、鉄道員一筋で生き、廃線寸前の田舎の路線の駅の駅長を務めた男の話だ。映画で高倉健が演じたことからもすぐに分かるように、この人物も、そうとうに男らしく、「男」の理想に近い。あるいは、『壬生《みぶ》義士伝』（2000年）。これは、一見地味で、「守銭奴」などと陰口をたたかれていながら、実は異様に剣術の腕がたった、新撰組のあまり知られてはいない義士吉村貫一郎を主人公とした時代小説だ。この小説のテレビドラマ版では、山崎の『沈まぬ太陽』の映画の主演でもある渡辺謙がこの男の役を演じている。

このように、浅田次郎も、何人もの、「男」のイメージの典型に近い人物を創ってきた。その浅田の目から見ても、山崎豊子の作品はより男性的であり、主人公は男らしい、ということが重要だ。山崎の主人公たちは、それほどまでに「男」なのだ。念のために述べておくが、このことは、山崎の作品が、浅田の作品よりも、文学的に、あるいはエンターテイメントとして優れている、ということではない。それはまったく別のことである。

誰もが驚く単純な事実は、山崎豊子が女だということである。男の浅田次郎より、女の山崎の方が、「男」をその理想の姿において描いている、ということになる。ついでに述べておけば、浅田次郎の主要な作品の中で、最も男らしい人物は、『蒼穹の昴』（1996年）で重要な役割を果たすあの人物ではあるまいか。そう、西太后である。浅田次郎の人物が男らしさの極限に到達するためには、コンテクストが、現代日本ではなく、過去の異国（清朝末期）でなくてはならなかった。そして何より、西太后は実際には女ではないか。しかし、『蒼穹の昴』のすべての登場人物の中で、西太后が最も男らしい。皇帝（光緒帝）や有能な官僚（梁文秀—架空の人物）よりも西太后の方が男っぽい。つまり、浅田次郎の場合、時空間を（現代日本から）大きく変え、むしろ（特殊な政治的立場にある）女を描いたとき、「男らしさ」を際立たせることができた、ということになる。浅田次郎は、いわば、二重の転移——社会的文脈の転移と性別の転移——を媒介にして、はじめて真に男らしい人物を創ることができた。それに対して、山崎は、自らは女でありながら、そんな転移に依拠せず、直接に現代日本を背景として、男をまさに男らしく描いた。これに浅田次郎も感服している。

### 半沢直樹と比べてみると

山崎豊子の作品の登場人物が「男らしい」と感じるとき、その「男らしさ」は、必ずしも倫理的な善さや社会的な正義とかを含意しない。確かに、山崎の主人公には、倫理的意味で「立派だ」と称賛したくなる者が多い。『運命の人』（2009年）の弓成亮太記者や、『沈まぬ太陽』

の主人公で国民航空の社員、恩地元は、実に偉く、正義や道義にそって行動する。『二つの祖国』(1983年)の天羽《あもう》賢治や『大地の子』(1991年)の陸一心《りくいっしん》も、過酷な状況の中に育ちながら、倫理的に卓越している。しかし、山崎作品が与える「男らしさ」の印象と、こうした倫理や規範の上での優秀さとは、必ずしも一致しない。

このことは先の浅田次郎の追悼の辞をもう一度見直すだけですぐに気がつく。浅田が、山崎の『華麗なる一族』(1973年)と対比しているのは、池井戸潤の『オレたちバブル入行組』(2004年)と『オレたち花のバブル組』(2008年)である。山崎が亡くなる直前の時期にあたる2013年の夏、これら二作を原作にもつテレビドラマ『半沢直樹』が、TBS系列で放送され、大ヒットしていた。『華麗なる一族』も『半沢直樹』も銀行を舞台としている。『半沢直樹』の主人公、メガバンクのバンカー(銀行員)半沢直樹は、そこそこ男らしい。半沢は、銀行内外の敵(嫌な上司、金融庁、あやしげな融資先等)と戦いながら、大きな仕事をなしとげ、次第に昇進していく。テレビドラマの成功によって、半沢の決め台詞「倍返し」が流行語にもなった。彼は、ライバルに対して、「やられたらやり返す。倍返しだ!」と啖呵をきり、実際に確実にやり返す。この報復の論理は、視聴者や読者には正義にかなったものに感じられているはずだ。報復は、半沢や銀行に向けられた理不尽な仕打ち、不正、あるいは反道徳的な非情に対抗するものだからだ。報復が必ず成功し、正義の均衡が回復することが、このドラマ(あるいは小説)が与える快感である。

だが、浅田次郎は、この半沢直樹よりも、『華麗なる一族』の方にマニッシュさを感じると言う。私も同感である。このように言うとき、浅田の念頭にある登場人物、半沢と比較されている人物は、まちがいなく主人公で、阪神銀行頭取の万俵《まんぴょう》大介であろう。『華麗なる一族』は、銀行合併を主題としている。万俵大介は、「小が大を喰う合併」（小さい阪神銀行がより大きな大同銀行を呑み込む）を画策し、成功させてしまう異様な野心家として描かれている。万俵大介は、常識ではありえない合併を、権謀術数をめぐらして実現してしまうような男だから、道徳的な人物ではない。というより、万俵大介は、むしろ道徳的にはいかがわしく淫らな人物として描かれる。それをよく示しているのが、「妻妾同衾」（妻と愛人の両方と同じ屋敷で暮らす）という、彼の異常なライフスタイルである。

このように万俵大介は半沢直樹と違って、正義や規範を蹂躙する人物である。しかし、男らしさという点では万俵が勝っている。こう言ってもよいかもしれない。半沢直樹は、報復の論理が示唆しているように均衡を指向している。万俵大介は、「小」と「大」の包含関係の逆転が示唆しているように不均衡を指向している。

実は、『華麗なる一族』には、半沢に匹敵するような正義漢もいる。大介の長男で、阪神銀行の系列の阪神特殊鋼の専務、万俵鉄平である。鉄平は誠実な人物で、父との折り合いは著しく悪い。大介と鉄平の葛藤は、物語の主要な対立軸のひとつになっている（大介は、鉄平が自分の子ではなく、自分の父と妻の不倫の関係によって生まれた子ではないかと疑っているので、大介／鉄平の対立は、さらに大介とその父の直接には描かれてはいない対立を継承している）。だが、途中で自殺してしまう鉄平からは、大介のような際立った男らしさは感じられない。鉄平は、むしろ、大介の異様性を浮き上がらせるための引き立て役である。あえて、次のような技巧的なことを言いたくなる。つまり、「万俵大介：半沢直樹」という小説を横断する対立は、「大介：鉄平」という小説内的な対立として先取りされ、予言されていたのだ、と。後者の対立において、大介が鉄平よりも男らしいのであれば、その論理的な必然として、前者の対立においては、万俵が半沢よりも男らしい。

＊

このように、山崎豊子が小説を通じて送り出した「男」たちは、必ずしも、善や正義を体現していたわけではない。いずれにせよ、彼女の作品が広く受け入れられ、多くの読者や視聴者たちを得たということは、これらの「男」が――善人であれ悪人であれ――日本人を魅了したということを示している。彼女の作品の主人公たちは、（日本の）標準的な男たちに、「男たるものあのようにありたいものだ」「あんなふうに生きたいものだ」と思わせるものがある。いや、女でもそのように生きたいと感じるのではないか。

井上陽水の初期の作品に「あこがれ」という歌がある。彼のファーストアルバム『断絶』（1972年）の冒頭の曲である。ここで、陽水は、男と女の理想を歌う。男については、こんなふうに。

さみしいときは男がわかる／笑顔でかくす男の涙／男は一人旅するものだ／荒野をめざし旅するものだ

山崎豊子の男とはずいぶんちがった男のイメージではあるが、紋切り型であると言えばまさに紋切り型である。ただし、それを言うなら、山崎豊子が造形した男も、もうひとつの別の紋切り型だ。いずれにせよ、陽水のこの歌の核心は、これに続く部分にある。「これが男の姿なら／私もつい、あこがれてしまう」と。陳腐な男の像ではあるが、しかしなお、つい、あこがれてしまうのだ。「つい」というところに、含羞が、強く言えば批評的な相対化の意識が入っている。しかし、それでも、あこがれの気持ちが湧くことを禁じえない[1]。

山崎豊子の「男」たちに対しても同じである。われわれは、それに、つい、あこがれてしまうのだ。われわれは、それを、凡庸なイメージの組み合わせであるようにも感じる。しかし、それでも、あのようにありたいものだ、とあこがれてしまう。「つい、」あこがれてしまうのである。

さて、ここに私の問いがある。どうして、日本の戦後の文学やフィクションの世界で、山崎豊子だけが、かくも男らしい男を書くことができたのか。こう言い換えてもよい。山崎豊子以外の作家は、どうして、彼女ほどストレートに男を描くことができなかったのか。

最初にはっきりと述べておこう。こうした問いとこれに応じた探究は、「男らしさ」がよいとか優れているとかという含意をいささかももたない。男についてわれわれが抱いてきたイメージ、そして山崎豊子の作品において結晶している男の像に、何か望ましいものがある、という含みもない。ただ純粋に疑問なのである。日本の戦後において、どうして、山崎豊子だけが、「つい、あこがれてしまう」ような男を、かくも見事に、しかも何人も提供しえたのか、が。どうして、他の作家たちはそうならず、この点で山崎豊子だけが突出して成功しているのか。ふしぎなことである。

## 「大衆の原像」へ

山崎豊子は、戦後日本で最も広く読まれた作家の一人である。彼女の本は総計で四千二百万部、売れたと言われている。日本の世帯数は五千万強なので、単純に平均すれば、たいていの世帯に山崎の本がある、ということになる（もっとも、山崎の長篇小説は数冊に及ぶので、彼女の本を一冊だけ買うという人はあまりいないだろうが）。

特に驚異的なことは、主要作品のすべてが、映画化か、テレビドラマ化か、あるいはその両方がなされてきた、ということである。しかも、映画やテレビドラマがたいてい、小説そのものに劣らず大ヒットしており、それらに出演した俳優にとっては、自分の代表作になっている。たいていの日本人は、山崎豊子が直接書いた小説か、それを原作にした映画やテレビドラマで、あるいはそれらのすべてで、いずれかの山崎作品に接している。中年以上の日本人で、山崎作品を一つも知らない日本人は皆無だと断言しても、あながち誇張とは言えない。

実際、いくつかの山崎豊子作品の設定と登場人物は、いわば、国民の常識になっている。「国民の常識」とここで呼んでいるのは、（日本の）国民ならばたいてい知っていると想定できることと、とりたてて熱心なファンでなくても知っていると期待できることである。たとえば『サザエさん』の磯野家の家族構成は、長谷川町子のファンでなくても知っているので、「あなたの家族は磯野家のようだね」と言うとき、われわれは相手が『サザエさん』を読んだことがあるかどうかを確認する必要はない。同じように、「あれはまるで『白い巨塔』の世界だ」、「今回の人事は『沈まぬ太陽』を思わせるひどい仕打ちだ」等と誰かが言えば、たいていの日本人は、それが何を意味しているかをおおよそ理解する。山崎豊子と同じように多くの読者をもっている作家であっても、たとえば、村上春樹の場合にはそうはいかない。会話の相手が村上春樹の小説を熱心に読んでいるかどうかを知らずに、「ぼくらは『1Q84』の世界に迷い込んだようだ」と言うことはできない。

これほどまでに日本人に広く読まれ愛されているのに、山崎豊子の小説が文学的な研究や批評の対象となることはめったにない。この点でも、村上春樹との比較が状況を明確にするのに役立つ。かつて、村上春樹も、まともな批評の対象には値しないかのように遇されていた時期があったが、現在は違う。村上春樹の作品は、繰り返し論じられ、優れた批評家の注目を集めている。あるいは、少なくとも、村上春樹については、彼の作品を拒否すること――「こんなものは批評に値しない」と拒否すること――が、それだけでも、高尚な批評的身振りになりうる。山崎豊子の場合は違う。山崎作品を批評しないということ、そのことだけでも文学的な価値があるなどとは、誰も露ほども思わない。

どうして、山崎豊子の作品は批評や研究の対象とはなってこなかったのか。それにはいくつかの理由があるだろう。たとえば、山崎の作品の登場人物や場面設定は、しばしばあまりに類型的なものに見える――あるいは少なくとも、類型の組み合わせに見える。つまり、「いかにも」と思わせるようなパターンの組み合わせで、一人の人物が造形され、ストーリーの展開が構成されている。また、人物たちが善と悪とにあまりにもはっきりと区分されており、両面が相通ずるような人間の複雑性が描かれていない。全体を支配する基本的な価値観が、われわれの常識（コモンセンス）の範囲にあり、哲学的な深さに欠けている、等々。

このように山崎豊子の小説が批評や研究の対象から除外されてきた理由をいくらでも列挙することができる。しかしなお、否定できない厳然たる事実が残る。今しがた述べたような、山崎豊子の作品がずば抜けて、大衆に人気があったということ、これである。もし、われわれが、日本人が、自分たちの現在を思考しようとするときに、山崎豊子を完全に無視するならば、その思考は、――山崎と同年生れの吉本隆明の有名な用語で表現するならば――「大衆の原像」を見失うことになるだろう。いかにも高尚な文学や芸術だけから導かれた思考の産物は、大衆の正直な欲望や願望とのつながりを失った分析や提言になる。

だから、本書で山崎豊子を考察してみよう。これは、山崎豊子の小説を文学的に批評するものではない。また山崎豊子の評伝でもない。あえて自己規定するならば、これは、「山崎豊子」という社会現象についての社会学的分析である。そう、「山崎豊子」の圧倒的な人気は一種の社会現象である。

問いをもう一度繰り返そう。山崎豊子の人気の原因、彼女の作品が大衆を引きつけたその魅力の原点には、彼女が創り上げた男らしい男があった。自身は女性だったこの作家だけが、どうして「男」を、「これぞ男」と言われるような「男」を描くことができたのだろうか。ほかの作家は、男性作家を含むほかの作家は、彼女ほどには、完璧に理想的な「男」を書くことができなかったのだ。どうして、山崎豊子は、それをなしえたのか。なぜ、他の作家には、それができなかったのか。

## 同世代のもう一人の作家

後の考察の伏線となる事実をひとつだけ指摘しておこう。山崎豊子は、大正13（1924）年1月に生まれた。彼女よりちょうど一歳だけ年下の作家、つまり彼女と同世代に属するある作家が、解釈のしようによっては、男を、男の理想を追求することを、究極のモチーフとしていた。その作家とは三島由紀夫である。三島由紀夫の晩年の活動、執筆だけではなく、「楯の会」の結成をはじめとする作家外の活動を含む晩年の仕事は、言ってみれば、戦後日本に「男」を回復することを目指すものだった、と要約することができるのではあるまいか。

それにしても、三島由紀夫と山崎豊子を並べるなど、まったくの暴論に見えるだろう。これほど大きく隔たっていて、一緒に置いたときに違和感を与える、作家の組み合わせも少ない。二人は文学のまったく異なるジャンルに属していると、一般には見られている。山崎豊子は、いわゆる「大衆文学」の中心にいる。三島はどうか。三島も流行作家で、大衆文学的な作品もたくさん書いてはいるが、しかし、基本的には、「純文学」に分類される。いや、「分類される」どころか、三島こそ、純文学の中の純文学だ。先に、山崎豊子は本格的な批評や研究の対象とはされてこなかったと述べたが、三島については逆である。日本の近代文学の中で、三島ほど、研究や批評の対象となってきた作家はほかにあまりいない。

おそらく三島は、山崎豊子の作品を認めなかっただろう。『白い巨塔』を別にすると、山崎豊子の代表作はすべて、三島の死後に書かれているので、三島は山崎豊子のものをほとんど読んでいなかったはずだが、仮に三島が長く生き、山崎のいくつかの代表作を読んだとしても、それを評価することはなかっただろう。そのように推測する根拠がある。生前の三島は、山崎豊子としばしば並び称されている社会派の作家松本清張に関して、その文学的な価値を完全に否定していた。三島が、太宰治をその面前で否定したことはよく知られているが、信頼できる証言によれば、三島は、松本清張に対しても批判的で、「日本近代文学全集」のようなものに清張を加えることに反対していたという。こうした事実を考慮すると、三島は、山崎豊子の作品もそれほど好まなかったのではないかと推測できる。[2]

強いて言えば、三島由紀夫と山崎豊子の小説の書き方には、一点だけ共通したところがある。二人とも、しばしば現実の社会的出来事に取材して小説を書いたのだ。しかし、出来事への関わり方を見ると、結局は、両者の間の類似よりも相違の方がかえって際立つ。山崎の場合は、ある出来事や社会現象に関心をもつと、膨大な数の関係者と会い、話を聞き、大量の資料を検討した上で書く。だから、彼女の小説はノンフィクションに近づいていく。三島は逆である。彼は、出来事や事件を、着想の発火点として活用しているだけだ。三島は、出来事の実態や背景を深く知ろうとはしていない。ただ、その出来事をきっかけにして、三島は、固有の世界を純粋なフィクションとして構築する。たとえば『金閣寺』（１９５６年）の主人公たちが展開する形而上学は、現実に金閣寺に放火した青年僧が考えていたこととまったく関係がないだろうし、『青の時代』

（1950年）を実際の光クラブ事件の記述として読むことはできない。

このように、三島由紀夫と山崎豊子は、作家として、大きくかけ離れた対極的な位置にいる。しかし、両者はひとつの意志を、「男」への意志とでも呼ぶべきものを共有していた。1960年代の初頭以降、三島は、「男」を、戦後日本に「男」を回復させなくてはならない、と考えていたように見えるのだ。そうしたことに取り組み始めたとき、三島はまだ若く、三十代である。しかし、その十年後には彼は自決しているので、結局は、晩年だったことになる。

だが、三島に「男」への意志を見たときに、われわれはもう一度、山崎豊子との対照に驚かないわけにはいかない。はっきり言えば、三島が造形した人物たちは、あまり男っぽくないのだ。山崎豊子の小説に出てくるような、素朴でストレートに肯定された典型的な男のイメージは、三島の作品には見当たらない。「つい、あこがれてしまう」と言いたくなるような男は、そこには登場しない。

たとえば、三島の最後の長篇小説『豊饒の海』（1969―1971年）を読んでみるとよい。四巻から成るこの小説は、輪廻をテーマとしている。どの巻も二十歳で死ぬ運命にある若者が主人公で、その若者が、次の巻で別の人物として輪廻転生し、主人公となる。結局、四人の若者が描かれる（ただし、四人目は、二十歳になっても死なず、ほんものの転生者ではなかったことが判明する）。物語は、明治末から大正3年までを扱った第一巻（春の雪）から始まり、戦争を挟んで、昭和40年代後半から50年代前半にあたる第四巻（天人五衰）にまで至る。四人のうち二人目だけは、つまり第二巻（奔馬）の主人公だけは、この巻の分の雑誌連載を完結させたすぐ後に結成された楯の会の青年を連想させる、右翼の青年で、男っぽさが顕著だが、他の三人は、男らしさのイメージからは遠い。[3] 四人の主人公の中で最も重要なのは、やはり、転生の端緒にいる第一巻の主人公、松枝清顕《まつがえきよあき》であろう。清顕は、華族（貴族）の令息であり、絶世の美青年として描かれる。清顕は、しかし、「男」というより、フェミニンな印象を与える。第一巻の主題は、この清顕と、完璧な美女でやはり華族の令嬢綾倉聡子との悲恋、成就することがなかった恋愛だ。清顕は、聡子との恋愛以外の何ごとにも関心をもっておらず、この巻で、男らしいことは何もなさず、男を連想させるいかなる野心ももたない。

だから、三島は、その回復を目指していた「男」が何であるか、その具体的なイメージを提供することには成功してはいない。[4] そして、何より、われわれは知っている。三島の「男」への志向が、最後に、とてつもないかたちで破綻したのを、である。もちろん、ここで念頭においているのは、昭和45（1970）年11月25日の三島事件である。この日、三島は、楯の会の四人の青年とともに、陸上自衛隊市ヶ谷駐屯地に乱入し、バルコニーから、自衛隊員に、憲法改正をめざして決起するように呼びかけたが、呼応するものは誰もいなかった。三島は結局、割腹自殺した。

三島とは違って、山崎豊子は、現代日本の現実に根を下ろした「男」のイメージを提供しえたように見える。ここでもう一度確認しておこう。三島が生まれたのは、大正14（1925）年1月である。つまり、山崎が生まれたちょうど一年後だ。二人は同じ世代的体験を共有していたはずだ。二人はともに、戦後、作家として成功する。

いずれにせよ、三島由紀夫の「男」に関しては、それがどこに原点をもち、どこに由来しているかははっきりしている。三島自身が、自覚的に小説にしているからだ。『憂国』（1961年）や『英霊の聲』（1966年）が、そうした小説である。三島の「男」は、戦争の死者や、あるいは（戦前の）天皇に尽くしながら挫折していった死者に由来する。特攻隊員や二・二六事件に関与した青年将校に——とりわけ後者に——由来するのだ。男は、言わば、これら死者たちの復活である。

では山崎豊子の男はどこから来るのか。何に由来するのか。

1　陽水の「あこがれ」は、この後、女についても同じ言葉を繰り返す。つまり、清くやさしい女のイメージをうたい、「これが女の姿なら／私もつい、あこがれてしまう」と。

2　三島由紀夫と山崎豊子の間には、多少の交流があったようだ。山崎の最後の担当編集者だった（そして本書の担当編集者でもある）矢代新一郎氏によると、山崎の蔵書の中に三島の署名が入った『鏡子の家』が見つかった。どのような経緯で、この本が三島から山崎に寄贈されたのか、その事情はわからない。『鏡子の家』（第一部・第二部）の発行日は、1959年9月20日で、すでに山崎は直木賞を受賞しており、『ぼんち』を『週刊新潮』に連載していた時期にあたる。実際、『鏡子の家』は、三島の全作品の中で、三島が山崎に献本するに最もふさわしいものではないだろうか。

3　そもそも第三巻（暁の寺）の主人公は女である。もっとも、この巻はいささか異様な小説で、ほとんど論文のようなものであり、三島は、人物の造形にあまり熱心ではない。

4　また念のために言っておくが、そのことと三島作品の文学的な価値とは別である。たとえば、『春の雪』が、最高の恋愛小説であることは間違いない。

# 第二章　彼女は、なぜ白い喪服を着たのか

## 作家を作家自身と比較する

山崎豊子は、「男らしい男」を描いた。男が、そして女も、ついあこがれてしまうような男らしい男を、である。しかも、自ら男らしい男の視点に立って。彼女ほど、まさに「直球勝負」とも言えるような率直な筆致で、男を描き得た作家は、男女を問わずいない。なぜ、山崎豊子にだけそれがなしえたのか。われわれはこのような問いを提起した。

まだ、われわれは、「男らしい」というときの「男」が何を意味するのか、定義してはいない。もちろん、それは、男というものは本質的にそうだ、というような内容ではなく、ジェンダーについてのステレオタイプに基づくものだ。「男（らしい男）」とは何かについては、後にあらためて規定しよう。というか、われわれはなぜ、山崎作品の主人公に「男（らしさ）」を感じるのかを自己反省的に解明していくことで、自ずと、「男（らしさ）」の定義が明らかになるはずだ。

山崎豊子だけが、（戦後日本の）他の男女の作家たちに比して突出して、男性的な男を創造し、描いてきた、と述べた。こうした特徴は、山崎を他の作家と比べたときに浮かびあがるだけではない。山崎を山崎自身と比較したときにも、われわれは同じことに驚くのだ。どういう意味か。

説明しよう。

山崎豊子という作家は、最初から、「男」を描いていたわけではない。ある時期以降の彼女のすべての小説は、実に男らしい男を主人公としている。しかし、山崎豊子の初期の作品、つまり昭和30年代の中盤（1960年ころ）までに書かれた作品には、未だ、「男」は、男性作家でさえも舌を巻くような「男らしい男」は、登場しない。すぐ後に述べるように、初期にも、魅力的な男の人生を書いた小説もあるのだが、少なくとも、後年の山崎作品を特徴づける、いわば「天下国家」の動き全体と格闘するようなタイプのスケールの大きな男は、初期作品には登場しない。それどころか、一見しただけでは、初期の作品の主題は、典型的に女流作家的であるという印象を与える。それらの作品では、女の人生、作家本人にとって身近な世界の風俗や慣習、家族的・親族的な人間関係での争いなどが、描かれているのだ。

昭和33（1958）年に書いた二作目の小説で、山崎豊子は直木賞を受賞した。この事実からもわかるように、昭和30年代の中盤にはすでに、山崎は同時代を代表する流行作家になっていた。このまま似たような小説を書き続けていたとしても、山崎の、人気の女流作家としての地位は安泰だったはずだ。しかし、この時期の作品の主人公は、財前五郎（『白い巨塔』）や壹岐正（『不毛地帯』）のように作品を離れて一人歩きするほどの強い印象を人々に与えてはいない。つまり、初期の作品だけだったら、それに類する作品だけを書き続けていたら、山崎は、ワンオブゼムの人気作家に留まり、かくも特権的な地位を、つまり日本人のほとんどがいずれかの作品に接していると言えるほどの大衆的な支持を得た国民的作家としての地位を築くにはいたらなかっただろう。

山崎の作品はある時期、根本的に転換したのである。その後、初期の山崎作品の中からはとうてい生まれそうもないような「男」たちが、次々と生み出された。その転換はいったい何だったのだろうか。

＊

前章で留意を求めておいたように、山崎豊子は大正時代の最末期に、つまり大正13（1924）年に生まれた。生地は大阪の船場である。彼女の実家は船場の伝統ある商家、老舗の昆布屋だった。山崎は大阪商人の家に生まれ、育った。

彼女は、十七歳のとき、昭和16（1941）年4月に、京都女子高等専門学校（女専）の国文科に入学した。念のために書いておくが、旧制の「専門学校」は、現在の専門学校とはまったく別物、別系統の学校である。京都女子高等専門学校は、現在の京都女子大学の前身である。このことからも分かるように、戦前の専門学校は、現在の学制と対応させれば、「大学」に近い。山崎は、女専を、昭和18（1943）年9月に卒業した。たった二年半しか在学していないのは、昭和16年から、いわゆる「学徒出陣」のために、繰り上げ卒業が実施されていたからである。

卒業後、彼女は、毎日新聞大阪本社に入った。新聞記者という仕事に、作家に連なるもの、とりわけ、山崎の徹底した調査に基づくノンフィクション風の書き方につながるものがあるが、しかし、毎日新聞に入社したときには、彼女は、作家になりたいとはいささかも思っていなかったという。新聞社への入社は、「正直いって、戦争中の徴用逃れ」だったという彼女の述懐は、銘記しておいてよいことである。[1]

山崎は、若い頃から小説を読むのが好きではあったが、同人誌に参加して習作をいくつも書いてきたような文学少女ではなかった。小説執筆の大きなきっかけは、新聞社で彼女の上司だった、井上靖にあったようだ。井上こそ、根っからの、まさに典型的な文学青年で、新聞社に勤めながら、必死の精進で小説を執筆していた。井上に感化され、また井上に勧められ、山崎は小説の執筆を始める。毎日新聞大阪本社に籍を置いたままで。

山崎の小説家としてのデビューは、運に恵まれていた。処女作『暖簾』が、昭和32（1957）年に出版された。翌33年には、『中央公論』で『花のれん』を連載した。これが、先ほど述べた、直木賞（第39回、昭和33年上半期）の受賞作である。つまり、小説家としての下積みや修練をほとんど経ずに、山崎は、直木賞を得てしまったのだ。才能もあったとはいえ、これはやはり破格の幸運というほかない。彼女も、そのことはよく理解しており、直木賞を受賞したとき「喜びより空怖しさで体が震えた」と書いている。こうして、山崎豊子は、たちまち人気の女流作家となった。直木賞受賞後は、執筆と記者の仕事との両立は不可能だと判断し、新聞社を辞した。

ここで、先ほど述べたことを繰り返そう。もし山崎豊子が初期の作品だけを残していたら、あるいは初期作品と同工異曲の小説を書き続けていたら、どうだっただろうか。それでも、彼女は、同時代的には名が通った女流作家のうちに数えられてはいただろうが、しかし、この場合には、山崎は、戦後史全体の中でもなお傑出した大衆的支持を受けた作家とは見なされなかっただろう。

つまり、彼女の作品は、何年かのちには忘れられたに違いない。というのも、われわれが、「山崎作品」として一般に思い起こすような小説は、初期の作品の中にはひとつも含まれていないからである。初期の作品もほとんど、映画化もしくはドラマ化されているが、今日のわれわれは、それらを山崎豊子の代表作とは見なさない。それらには、まだ真に「男らしい男」は登場しないからだ。

## 大阪商人物

だが、しかし、後の山崎作品を知っている者の立場から初期の作品を振り返ると、われわれは、そこに、後の「男らしい男」へと向かいうるポテンシャルが、孕まれていることを見出す。いや、いっそこう言ったほうがわかりやすい。そのようなポテンシャルが早産によって出てきたものが、山崎の初期作品群ではないか、と。後の作品において実現することが、「満たされなかった願望」のようなものとして、初期の作品に取り憑いているのがわかるのだ。

ただし、このように見るには、初期の諸作品を一つずつ切り離さず、作品間の——つまりインターテクスチュアルな——構造的な連関を捉えなくてはならない。初期の諸作品を全体として見ると、そこには、「男」と「女」の間の闘争のようなものが貫かれていることがわかる。個々の作品の物語の中でというより、作品と作品のあいだで、男と女がせめぎ合っているのである。この闘争のダイナミズムが、この作品から次の作品、さらに次の作品という変換を規定している。ここで、設定がいささか異色で、他の諸作品から浮いている『女の勲章』はとりあえず除いておこう。すると、初期の代表的な四つの長篇小説、つまり『暖簾』『花のれん』『ぼんち』（昭和34年、35年）そして『女系家族《にょけいかぞく》』（昭和38年）が得られる。これらはすべて、伝統的な大阪商人の世界を描いている。

大阪商人と書いたが、その拠点は、もちろん船場だ。船場が舞台であることから明らかなように、小説に登場する商家のルーツは、江戸時代にある。たとえば、『ぼんち』の舞台となる老舗の足袋問屋「河内屋」の初代は、明和年間（1764―1772年）に大阪に出てきて、足袋問屋に奉公し、暖簾分けしてもらった、ということになっている。明治が始まる百年も前のことだ。『女系家族』の木綿問屋「矢島家」は、年号にするとさらにもう一つ遡り、宝暦年間（1751―1764年）に起源がある。『暖簾』の浪花屋も江戸時代から続く老舗である。実は、『花のれん』だけは、やや例外で、すぐ後に述べるようにその例外性にも意味があるのだが、とりあえず、広く緩く解釈すれば、この作品も、船場や江戸時代以来の伝統と関係がある、ということは確認しておこう。

四作品は、前半（A）の『暖簾』と『花のれん』、後半（B）の『ぼんち』と『女系家族』という組み合わせで、二つに分けられる。それぞれの組は、同じ主題を反復しているからである。さらに、私の解釈では、BはAのリターンマッチとしての側面をもっている。つまり、Bの組が、さらにAの組の反復でもある。作品の内容に即してそのことを証明しよう。

## 原点となる作品

処女作『暖簾』は、老舗の昆布屋の物語である。つまり、山崎豊子自身がその中で過ごした実家の商家のことを書いたのが、この作品である。その意味では、この小説は半分ノンフィクションかもしれない。井上靖は、この作品について、「私はこの話を十年程前、当時毎日新聞記者として第一歩を踏み出した許りの山崎豊子さんから聞いたことがあり、この作品の第一稿を読んだことがあった」と書いている。

先に、山崎豊子の初期作品には、まだ「男」がいない、と書いた。だが、実は、この最初の作品に、いきなり「男」が登場する。『暖簾』の主人公は、二人の男、八田《やた》吾平とその息子、孝平だ。彼らは、老舗の暖簾への忠誠心も深く、努力家であり、また進取の気性や合理的精神を持つ野心家だ。つまり、彼らは、すでに「男らしい男」の範疇に含まれる。が、しかし、すぐ後に述べるように、山崎が後に創作した「男」と比べたとき、彼らには明白な限界がある。いずれにせよ、『暖簾』は、山崎豊子の原点であろう。彼女は、ある意味で、後の作品を通じて、『暖簾』の男たちを、――限界を克服した上で――復活させようとしたのである。

「たった三十五銭をにぎりしめて、八田吾平は大阪へ出た。明治二十九年の三月はじめが、その日だった」。これが作家としての山崎豊子の書き出しの文章だ。十五歳の吾平は、「金がころがっていそう」だという予感から、故郷の淡路島から大阪に出てきた。彼は、老舗の昆布屋浪花屋の五代目、利兵衛に拾われ、この店で奉公することになった。吾平は、精進と才覚によって主人に認められ、二十七歳のとき、暖簾を分けてもらう。つまり、浪花屋の名で独立の店を構えるに至る。独立から半年後には、主人の姪を嫁にもらい、子にも恵まれる。吾平は、工場を建てるなど、積極果敢に攻め、商売を繁盛させた。しかし、明治・大正・昭和の流れの中で、昆布屋は幾多の試練に襲われる。最大の困難は、もちろん、戦争、満州事変から日中戦争を経て、太平洋戦争へと拡大していくあの戦争だ。とりわけ昆布屋にとっては、統制経済、GHQによる統治の初期まで続いた統制経済が痛かった。自由に昆布を仕入れ、売ることができなくなったからだ。店舗も、空襲で焼失してしまった。吾平の三人の息子も徴兵され、跡取りと期待されていた長男は戦死した。吾平自身も、戦後間もなく、脳溢血で死ぬ。暖簾は、終戦後、比較的早く復員できた次男の孝平が継いだ。孝平には、新時代に対応する勇気と柔軟性があり、慎重な弟の忠平（吾平の三男）と協力しながら、昆布屋を復活させる。とりわけ、主に海苔を消費し、昆布をバカにしてほとんど食べなかった東京への進出が、孝平の最大の冒険であった。物語は、この東京進出が成功しそうではあるが、一方で東京の経済力にのみこまれてしまうかもしれないという予感と不安を残して閉じられる。

このように、吾平・孝平父子は、確かに「男」である。山崎豊子は、この小説のあとがきに「私はこの本の中で、私の理想の大阪商人を描いてみました」と記している。しかし、後の山崎作品が世に送り出した数々の「男」を知っている者からすると、吾平と孝平はスケールが小さい。もちろん、自分の直接の知人の中に吾平や孝平のような人物がいれば、そうとうな畏敬の念を抱くだろう。しかし、彼らが気にしていることは、所詮は、小さな商店が生き延びることができるかどうか、ということである。当人にとっては死活問題かもしれないが、天下国家の大勢に影響はない。結末も、経済的繁栄の中心が大阪から東京へと移動したという事実に対する、屈従的な適応だと、言えなくもない。

## 吉本興業をモデルにするが

ほんものの「男」を描くには、もっと影響力が大きな、華々しい勝者についての物語でなくてはならない。そして、『花のれん』が書かれた。前作の『暖簾』は、要するに、自分のことを書いた作品だ。「誰でも一生に一本は小説を書くことができる。自分のことを書けばよいのだから」というときの自分のことだ。山崎は、事実とまったく無縁に想像力だけで物語を構築するタイプの作家ではない。そういう作家が、自分や自分の家族のことを書いてしまったあとにさらに作品を書くにはどうしたらよいのか。徹底した取材をもとに書くことだ。そうすれば、自分のことに等しいほどに他人のことに精通することになる。実際、山崎の後の作品は、膨大な量の聞き取りを始めとする、インテンシヴな取材をもとに、書かれることになる。その端緒は、『花のれん』にある。とはいえ、この段階では、書かれているのは、大阪商人の領分、つまり山崎にとって身近な世界ではある。これが、船場とか大阪とかを離れたときに、中期以降の、誰もが知る山崎作品が生まれることになる。

ともあれ、ここでは、『花のれん』の内容を見ておく必要がある。これは、戦前、大阪を中心に、上方にいくつもの寄席小屋をもち、興行師として大成功した女の一代記である。この小説の主人公、河島多加にははっきりとしたモデルがある。吉本興業の創業者、吉本せいである。多加は、『暖簾』の八田父子とは違って、ブランド力のある暖簾を引き継いだわけではない。彼女は、ゼロから始めて、一代で、上方一の、いやほとんど日本一の興行師にまでのし上がるのである。最初は、潰れかかった場末の寄席小屋を買う。これを立て直し、さらに大阪や京都に次々と小屋を買い足し、営業で苦戦していた通天閣まで買って、これをさらなる儲けのための足場として活用する。物語は、多加が結婚して数年経った、明治43（1910）年から始まる。最初の寄席小屋、天満亭を買ったのが、明治44年で、このとき多加は二十五歳だ。彼女が通天閣を買ったのは、昭和2（1927）年である。終戦後間もない時期、つまり昭和22（1947）年の春に、多加が息をひきとるところで、小説は終わる。

『暖簾』も『花のれん』も、読み物としてのおもしろさは、細部にある。主人公が、商売を拡大する上で何をして、どんなことに気配りしたのかを記した細部に、である。それをすべて紹介していたらきりがないので、ここでは一つだけエピソードを引いておこう。多加の寄席小屋に、そこそこ客が入るようになった頃のことである。彼女の小屋は、しかし、「色物」（落語以外の出し物）を多くやるということで、一流の落語家たちは見下して、出演してくれない。そこで、多加は手を打った。彼女は毎日、市電が止まる交叉点に近い汚れた公衆便所に――悪臭に耐えながら――隠れ、師匠たちが通るのを待ったのだ。一流亭に向かう師匠たちは必ず、この交叉点を通るからだ。師匠を見つけるとそのたびに、多加は偶然の出会いを装い近づき、世間話などしながら「お気が向きましたらどうぞ、うちへもお運びを」などと言いながら、師匠の袂に五円札を入れた懐紙を押し込んで、有無を言わせず去って行った。多加に借りができてしまった師匠たちは、やがて、彼女の小屋にも出演するようになった。

『花のれん』は、『暖簾』の主題の反復である。どちらも、野心的な大阪商人の成功譚だ。はっきり言えば、成功のスケールは、『花のれん』の方が大きい。主人公はほとんど何もないところから事業を起こし、結果的には、それを戦後日本の大衆文化の中心になるような企業にまで育て上げたのだから。要するに、山崎は、今度こそ、ほんとうに「男らしい」主人公を描いたのだ。だが、それには、ある代償があった。つまり、主人公を男性化したとき、同時に、物語の骨格に決定的な変更が加えられたのだ。詳しく言わずとも分かるだろう。その、まことに「男らしい」主人公は、男ではなく、女なのだ！　主人公の性格を男性化したとき、実際の性別は女性へと転換してしまったかのようだ。

### 天秤のように

『花のれん』で、男はどう位置づけられているのか。多加は、最初から寄席に興味があったわけではない。彼女は太夫元のところに嫁いだわけでもない。彼女が太夫元になったことには、次のような事情がある。彼女の嫁ぎ先は、船場の呉服店だった。もともと夫吉三郎《きちさぶろう》の父の吉太は、船場の呉服問屋に奉公していたが、暖簾分けを待たずに独立し、自分の店を構えた。吉太は勘がよく、主に古着の商いで成功した。しかし、息子の吉三郎は、まったく商いの才能がなく、大尽気取りで、毎晩、芸人を引き連れて遊びまわっていた。もはや資金がなく倒産かというところまで追い詰められたとき、多加は、吉三郎に決断を迫る。そんなに寄席や芸人が好きならば、思い切って芸事で稼いだらどうか、と。そこで、夫婦は安く売りに出されていた寄席を購入し、これを経営することになった、というわけである。

吉三郎は、呉服屋商売よりは寄席の経営には熱心だった。しかし、結局彼は遊び人であり、寄席の経営が少しばかり軌道にのると、だんだん飽きがきて、仕事から離れていった。そして、ある夜、吉三郎が急死した。何と妾宅で。しかも同衾中の心臓発作で。多加が二十九歳のときである。単に夫が早死にしただけでも気の毒なことだが、この死に方は、多加にとっては、これ以上はない、というほどに屈辱的なことである。こうして多加は、未亡人として寄席の経営を続けなくてはならなくなったのである。

吉本せいの夫（吉本吉兵衛）が実際にどんな人物だったかは知らないが、この小説の吉三郎は、ダメンズの典型のような人物である。それに対して、妻の多加の方が、男の理想を体現している。このようなねじれ、女の多加こそ男らしいというねじれには、すぐに誰でも気づくが、もう少しだけ繊細に作品を読まなくてはならない。ふしぎなのは、多加の——ということはこの主人公に託された山崎豊子の——、夫や男への愛情である。多加は、結婚以来、夫に苦労ばかりかけられ、その上、最後には最悪の仕方で裏切られたのだから、夫を憎み、見捨ててもよさそうなものだ。ところが、そうではないのだ。たとえば、小説の中で最も不可解な場面は、吉三郎の葬儀で、多加が白い喪服を着るところだ。白い喪服は、未亡人が一生二夫に目見《まみ》えぬという証を立てる意味をもつ。多加は、吉三郎に熱々の恋愛感情をもっていたようでもないのに、なぜか、ほとんど衝動的に白い喪服を着てしまう。この衝動を、多加自身さえもよく理解できていない。多加は、白い喪服を着たことにこだわり、一生再婚しなかった。

物語の中に、伊藤友衛という人物が出てくる。伊藤は市会議員で、かなりの資産家らしく（議員以外には）仕事らしい仕事をしていない。彼は粋な通人で、多加の小屋を定期的に訪れ、たいてい、その日の最も価値のある出し物だけを見て、帰っていく。伊藤は、明らかに、死んだ吉三郎の再来である。伊藤の体格が吉三郎に似ていることが何度も強調される。つまり、多加は、亡き夫と二重写しにして、伊藤を見ているのだ。彼女は伊藤にほのかな恋愛感情をもっており、伊藤の方も、女としての多加を愛している。一度だけ伊藤は多加を抱こうとするが、多加の方が逃げてしまう。多加はときに、伊藤の存在を、伊藤が定期的に訪れてくれることを精神的な支えとして、仕事に打ち込んでいるようにすら見える。

夫や伊藤に対する、このような描き方から、われわれは何を読み取ることができるのか。作者（山崎豊子）は、できるだけ男に花を持たせたいのだ。作者の無意識は、男が成功者になることを欲しているのである。ほんとうは、女ではなく、男こそが勝者であって欲しい、という作者自身も自覚していない欲望があり、それが、夫や伊藤への主人公の態度に、説明しがたい両義性を宿らせるのである。

ならば、もともと虚構なのだから、そのような話にすればよいではないか。そう思うかもしれないが、不可解な、作者すらも制御できない力が働き、書けば書くほど、どうしても女の方が目立った勝者になり、逆に、男の方が引き立て役になってしまう。夫の方に花を持たせたいが、なぜか、夫が妻（に託された作者）を裏切って、別の女のもとで死ぬ話になってしまう。そこで、伊藤という人物が導入される。彼は、言わば敗者復活戦に挑む夫（の代理人）である。ところが、敗者復活戦で、再び男は負ける。結末近くで、伊藤が自殺してしまうのだ。潔癖な伊藤が議会で実権を握るのを恐れた「利権食い」の連中が、伊藤の、誰もがやっている程度の常識的な戸別訪問を選挙違反として警察に密告したのが原因である。伊藤はたった一晩の留置場生活の屈辱にも耐えられず、首を吊ったのだ。伊藤はあまりにも脆い。多加は、二度、愛する男を失う。最初は、他の女との性交中に腹上死で、二度目は、留置場での自殺で。

議員で人望もあった伊藤は、誰も見ていない留置場で寂しく死んだ。それに対して、多加は「わては人に沢山集まって貰うてるところで賑やかに死にたい」と思う。この願望はかなえられる。彼女は、芸人たちが集まって宴会しているときに倒れ、絶命した。

ここまでの展開から、われわれは次のような構図を得ることができる。山崎豊子は、「Xらしい Y」を描こうとしている。Xの方にはジェンダーが、Yの方には性的差異が入る。もちろん、一般には、X＝Yのときが安定する（男らしい男、女らしい女）。彼女は、処女作で、そこそこ「男らしい男」を描き得た。しかし、それはまだ不徹底なものだった。そこで、彼女は第二作で、Xの側の男性性を純化し、強化した。ところが、まるで天秤のように、一方の側（X）を下げると、他方の側（Y）が逆側に、つまり上方に浮いてしまう。Xを男性化すると、Yは逆に女性化してしまうのだ。

船場の老舗商家を舞台にした、後半の二作（『ぼんち』『女系家族』）が試みていることは、こんどこそほんとうに男を勝者にすることである。だが、それは成功しているのか。次章で検討することになる。

1　以上は、発表された山崎のエッセイにもとづいている。しかし、昭和20年1月5日（二十一歳）の日記には、彼女が早い時期から小説を書き、作家を志していたのではないか、と推測させる記述がある。彼女は、警戒警報が鳴る中で読んだ『登攀』（小尾十三の芥川賞受賞作）を批評したあと、こう結ぶ。「私の小説は、私の小説道は、私の理想は、私の人生は、私はどうすればよいのだ。苦しい身悶えをする」

# 第三章　勲章はどちらに渡されたのか

## 男のリターンマッチ

中期以降の山崎豊子の作品の主人公、「男らしい男」の理想化された典型のような人物、たとえば『沈まぬ太陽』の恩地元のような男は、初期の作品には現れない。初期の作品は、主として、大阪船場の商人の世界を舞台としている。それは、山崎自身が生まれ育った世界である。

ところで、中期からの山崎作品に、突出した「男」が登場するのが驚きなのは、作家自身は女であり、しかもそこに描かれている男の世界が、彼女が実体験してきた世界とはまったく異なっているからである。

だが、彼女の初期作品を読むと、われわれ読者は、山崎もやはり、他の多くの女流作家と同じように、もともとは、家族や親族をはじめとする親密圏の出来事を描くのを得意としていたのだ、と思いたくなる。

確かにその通りである。このような感想は、作品の性格を正確に捉えている。が、しかし、彼女の作品の構造をインターテクスチュアルに分析してみれば、初期の段階から、男と女の間の葛藤が主題であったこともわかる。しかも、作者は、男を勝たせようとしている、男に花を持たせようとしている。……にもかかわらず、それに挫折している。このような構図が浮上してくるのだ。この点を明快に示すために、船場の商人を主人公とした初期の四作品を、さらに、前半（A）と後半（B）とに分けるとよい、と前章でわれわれは提案した。

Aに入るのは、タイトルもよく似た二作品、『暖簾』（昭和32年）と『花のれん』（昭和33年）である。Bは、『ぼんち』（昭和34年、35年）と『女系家族』（昭和38年）で構成される。Bの二作品の間には、若干の時間の開きがある。実は二作品の間にもうひとつ長篇小説『女の勲章』（昭和36年）がある。この作品の位置付けについてもすぐ後に論ずるが、主人公が（直接には）船場の商人ではないので、とりあえずこの二系列から外しておこう。

前章で述べたことを再確認しておく。Aの最初の作品『暖簾』は、老舗の昆布屋の物語で、山崎豊子自身の実家の商家のことがベースになっていると思われる。この作品の二人の主人公（父子）は、すでに「男らしい男」である。しかし、山崎の後の作品を知っている立場から見ると、彼らはややスケールが小さい。よりスケールが大きい人物、もっと「男らしさ」の理想を強めた人物を描いたのが、二作目の『花のれん』だ。ところが、ジェンダーの「男らしさ」の濃度を高めると、その人物の性別は逆に女になってしまう。というわけで、『花のれん』の主人公は、実に「男らしい女」だ。主人公の夫をはじめ、何人かの男が登場するが、彼らは弱く、主人公の引き立て役である。こうして、Aの系列は、まさに「男らしさ」において女が勝利するところで終わる。ここまでが前章で論じたことである。

Bの二作品は、言わば、男のリヴェンジ戦である。そして、これらの作品では、こんどこそ、ほんとうに男が勝つ。だが、その「勝ち方」に問題がある。

## ぼんぼんか、ぼんちか？

『ぼんち』も、『女系家族』も、大阪の古い商家の慣習、「女系家族」が背景となっている。商家では、仕事は、つまり商いは、男が仕切らなくてはならない。したがって、家業は男が継がなくてはならない。だが、もし主人に男児がいなかったらどうするのか。子がすべて女だったら。実は、この方が都合がよいのだ。女系家族という手法が使えるからだ。女系家族とは、「家付き娘」(主人の実の娘)に養子婿を迎えることで家業を継がせる慣習によって生まれた親族形態である。直系の男に家業を継がせるよりも、商家にとっては、つまり暖簾にとっては安全である。息子が有能とは限らないからだ。女系家族ならば、娘を有能な男、つまり使用人(番頭)の中で最も将来性のある男と結婚させればよい。

だが、当然予想されるように、女系家族では、女(家付き娘やその母)の権限や発言権が大きい。主人は商家にとって外来者であり、暖簾は究極的には女の方に所属しているからだ。また、妻にとっては、夫は、幼い頃から見下してきた使用人(丁稚、番頭)だからでもある。関係性は、夫婦になったからといって変わるわけではない。だが、形式的には男が主人であり、家業も、財務も男の仕事に属している。ゆえに、女系家族には、男女の間の葛藤が常に潜在している。『ぼんち』の足袋問屋、河内屋も、『女系家族』の木綿問屋、矢島商店も、両方とも女系家族である。

それぞれの作品の内容をごく簡単に見ておこう。『ぼんち』は、すでにタイトルのうちに男へのエール、男への敬愛を込めている。主人公の喜久治に、父の喜兵衛が死に際に云う。「ぼんちになってや、ぼんぼんはあかん」と。ぼんぼんは、もちろん、良家のぼっちゃん、裕福で家柄のよい家の息子を指しているが、そこには軽い蔑みの含みがある。わがままに育てられたために、世間知らずで無能だ、という含みが、である。ぼんちは違う。「同じぼんぼんでも、根性がすわり、地に足がついたような坊っちゃん」だ。簡単に言えば、仕事ができるぼんぼんがぼんちである。単に生真面目に仕事しているだけではぼんちとは見なされない。一方で、ぼんぼんのように放蕩にふけり、豪快に散財もするが、他方では、仕事上の能力にも秀で、度胸や決断力もある。これがぼんちである。『花のれん』の河島吉三郎はただのぼんぼんだが、もし彼に、妻多加のような才覚も備わっていればぼんちだっただろう。

『ぼんち』の物語は、大正8(1919)年から始まり、終戦の翌年、昭和21(1946)年で終わる。冒頭で、喜久治が二十二歳なので、結末では五十歳に近づいている。河内屋は、江戸時代から続く老舗の足袋問屋で、喜久治の父は、四代目、河内屋喜兵衛にあたる。実は、河内屋は、喜久治の曾祖父から三代続けて、女系家族(母系家族)として継承されてきた。喜久治の父ももとは番頭で、河内屋の一人娘、勢以と結婚した。喜久治はやっと生まれた男児である。小説の前半で父が病死し、喜久治が五代目喜兵衛を襲名する。

物語の骨格をなしているのは、女系家族の一方の柱、母勢以と祖母きのの母娘と、他方の柱である喜久治との間の、主導権争いである。女二人組は、何かと言うと「船場のしきたり」を盾に、喜久治のやり方に介入してくる。特に祖母のきのの迫力は強烈で、勢以は、きのに追従しているだけである。たとえばきのと勢以は、喜久治にも喜兵衛にも相談せずに、喜久治の結婚相手を決めてしまう。ここまでならよくある話だが、河内屋としては跡取りが必要なだけなので、嫁の弘子が子を産んだらすぐに、きのと勢以は、弘子が船場の些細なしきたりを間違えたと難癖をつけて、勝手に離縁を決め、弘子を追い出してしまう。つまり、喜久治の結婚と離婚をともにきのと勢以が決定する。喜久治は、きの達のこの種の介入に耐え、彼らの命令と要求におおむね従いつつも、精神的な自立は保ち続ける。仕事の点では、喜久治は、現代的で斬新な足袋を考案するなど、そこそこ頑張ってもいる。このように物語の動きの最も大きな源は、老舗の商家の中の男と女の葛藤である。父喜兵衛は、臨終の床で、息子に、ぼんぼんではなくぼんちであれという先の言葉とともに、「男に騙されても、女に騙されたらあかんでぇ……」と言い残す。

## 結局、どちらが勝つのか

この小説のおもしろさの半分以上は、文化人類学的なものである。船場の、空疎で煩雑な習俗やしきたりが、細部まで記述されている。たとえば、妾は、男の「本宅」にわざわざ「お目見えの挨拶」に行かなくてはならない。この挨拶は、めんどうな手順を踏まなくてはならない上に、妾となる女は本宅の女から、まるで意地悪な面接のように、不躾で立ち入ったことを聞かれたりするらしい。こうした興味深い箇所をすべて紹介していたら、この作品を書き写すに等しいことになるだろう。われわれの関心は、男と女の闘いである。結局、どちらが勝つのか。

物語の本筋だけを見れば、一応、喜久治は母と祖母の連合軍に勝ったことにはなるだろう。この物語の最後は、太平洋戦争である。戦争の終盤、船場は空襲を受け、焼け野原となる。河内屋も「商い蔵」だけ残して、すべて焼けてしまった。船場への愛着が強いきのと勢以はこれに絶望する。きのは、理不尽にも喜久治を責めた。喜久治は、自分が番頭とともに防空壕にも入らずに命がけで火消しをしたから商い蔵だけは残ったのではないか、と反論すると、きのは言う。

「ふぅ、ふぅ、ふぅ、ふぅ、うまいことお云いやるわ、商い蔵は男のもの、衣裳蔵や、家屋敷にはわてらの血が沁み込んでおますわ、空襲にこと寄せて、わてらに繋がるものは、みな灰にしてしもうたのやな、そうや、そうや、それに違いおまへんわ」

とんでもない言いがかりだ。いずれにせよ、きのの落胆は深く、こう言った翌日に、彼女は、ほとんど自殺に近いかたちで川にはまり、死んでしまう。商い蔵の残存が、とりあえずは男の勝利を象徴している。

だが、これはほんとうに男の勝利だろうか。違う。確かに、店舗と屋敷の焼失という苦境に対して、この物語では、女の方が脆かった（『花のれん』では苦境に耐えられずに自殺したのは男の伊藤友衛だったので、立場が逆転したことになる）。しかし、二つの理由から、この物語は、真の男の勝利を表現したことにはならない。第一に、「喜久治」対「きの・勢以」という対立において、終始優勢なのは後者であり、喜久治の仕事の上での成功の程度は、きのと勢以の「船場のしきたり」への異常な執着の大きさに比べれば、たいしたことはない。喜久治の商売の工夫も描かれているが、読者はこう思うにちがいない。斜陽の商売である「足袋の商い」を持ち直させるには、この程度の策ではとうていたりない、と（彼の工夫は、『暖簾』の吾平・孝平父子の大胆さに遠く及ばない）。それに対して、きのと勢以の船場の因習へのこだわりは、こっけいなまでに異様で、そのための濫費を喜久治は止めることができない。

だが、この物語を男の勝利の物語と解釈できないもっと重要な理由は、別のところにある。実は、最後にしたたかに生き延びるのは、喜久治や河内屋ではなく、やはり女達なのである。この場合の女達とは、喜久治が家の外につくる妾や愛人である。喜久治は五人の女と関係をもつ。ぽん太、幾子、比沙子、お福、小りんだ。彼らはトップクラスの芸妓か女給で、それぞれ際立った個性をもち、魅力的である。喜久治は、高額な生活費を与える等、全員のめんどうをよくみる。この小説の展開を規定している真の葛藤は、「女と男」ではなく、実は「女と女」である。家の内部の女と外部の女。[1] きの達は、喜久治が妾をもつことに反対はしていない。むしろ、将来適当な養子婿を迎えるために、喜久治が妾に女の子を産ませることを望んでさえいる。だが、外の女達は、商家の跡取りには興味がない。彼らは、喜久治を通じて自分の利益や幸福を追求しているだけだ。そして、実際、彼らは、それらを獲得する。小説の結末は、生き延びた四人の女達（幾子だけ病死）が、疎開先の寺で、和気藹々と一緒に風呂に入っている場面である。この終わり方は次のように予感を与える。河内屋は戦後間もない時期に没落するだろう。しかし、喜久治の妾だった女達は楽しく力強く生きるだろう。[2]

## 驚愕の書類

だから、『ぼんち』では、男の表面的な勝利の背後で真に勝利したのは、やはり女の方である。そこで、再度、同じ主題の小説が書かれた。今度こそほんとうに男を勝者とするために。それが、『女系家族』である。だが、勝者である男は、小説の中に一度も姿を現さない。最初から死んでいるからである。死者がどうして勝者になることができるのか。『女系家族』は、『ぼんち』と対応させれば、喜久治の父である四代目喜兵衛を影の主人公とした小説である。ただし、『ぼんち』では、物語の途中で、喜兵衛は死ぬのだが、『女系家族』は、喜兵衛にあたる人物が死んだところから始まる。しかも、彼は、喜久治のような男児の後継者をもたない。子は三人いるが、全員、女である。

『女系家族』は、やはり江戸時代（宝暦年間）から続く船場の木綿問屋の四代目、矢島嘉蔵《よしぞう》の葬儀の場面から始まる。この小説の場合は、起点の日付は、戦後——作品が書かれた頃の「現在」——で、昭和三十四年だ。矢島商店もずっと女系で継承されてきた。嘉蔵も、もとは矢島家の番頭で、二十四歳のときに、家付き娘の松子の養子婿になって、商店を受け継いだ。松子は、嘉蔵よりも前に亡くなっている。

『女系家族』は、遺産の相続をめぐる三人の娘達の争いの物語である。長女の藤代は、本来は矢島家を継ぐ養子婿をとるべき立場だが、好きな男ができたために、その義務を妹に押し付け恋愛結婚をしたらしい。しかし、その結婚はすでに破綻し、彼女は、実家の矢島商店にもどってきている。藤代は、にもかかわらず長女（総領娘）としての特権だけは強く主張するわがままな女である。こうした事情から、二女の千寿《ちず》は、養子婿として良吉を迎えている。三女の雛子は、船場の伝統に忠実な姉達に（中途半端に）批判的で、「お友達も、まるで犬の血統書調べみたいに（中略）一々、聞き調べた上でないとつき合いをさして貰われへんかったわ、そんな黴《かび》の生えたみたいな家」にはがまんできない等と言ったりしている。この三姉妹が「金（遺産）」をめぐって、私欲をむき出しにして争い合う。嘉蔵の遺言状（書置状）はあるが、争いを収めるほどの効力はない。

それぞれの娘には、一人ずつ、下心をもったサポーターがいて、争いの火に油を注いでいる。二女の千寿には、もちろん、良吉がいる。三女の雛子を支えているのは、叔母の芳子である。サポーターの中でもっとも興味ぶかい人物は、藤代の背後にいる、梅村芳三郎だ。梅村は、踊りの師匠なのだが、妙に法律や不動産に詳しく、藤代に助言を与えつつ、彼女が得ることになる金を我が物にしようと密かに狙っている。

このように基本的な設定を示しただけでは、しかし、男（嘉蔵）の勝利がどこにあるのかはさっぱりわかるまい。勝利は、最後の最後にどんでん返しのようにもたらされる。まず遺言状が開封されたとき、その文面によって、娘達は、嘉蔵が文乃という名の妾を囲っていたことを知る。妾との関係は、母親（嘉蔵の妻）が存命中から始まっていたらしい。妾の存在に娘達は動揺するが、文乃が無欲にみえたこともあり、相続争いにはたいした影響はない。さらに、文乃が妊娠していることが明らかになるが、すでに嘉蔵は没しているので、子を認知することもできないし、嘉蔵の子であることの証拠もないので、娘達は安心している。

だが、骨肉の醜い争いが収束し、翌日の親族会議で相続問題が落着するという日、親族が集まる矢島家に、文乃がやってくる。男児を出産したと報告するとともに、文乃は、聞き慣れぬ名の驚愕の書類を提示した。胎児認知書だ。文乃が孕んでいる胎児はまちがいなく自分の子であるということを証明する、嘉蔵名義の文書である。この文書が根拠になって、文乃の子は、嘉蔵の非嫡出子として正式な相続権をもつことになる。かくして姉妹達の相続分は大幅に減額される。嘉蔵は、養子婿だったため、女達に、つまり妻や娘達に軽んじられ、三十四年間、ルサンチマンを溜めてきたのである。胎児認知は、嘉蔵の女達への残酷な復讐である。文乃はさらに、今後の女系の相続を禁ずる遺言状も提示した。

今度こそ、男の勝利は疑いようがない。がしかし、この勝利は、あまりの奇手に頼っている。けたぐりで相撲に勝ったり、隠し玉でランナーをアウトにしたりするようなものである。ルールに従って勝負に勝ったことは確かだが、男としての実力を認めさせることで得た有無を言わせぬ勝利とは違う。

ここまでの四作品の分析、AとBの二つの系列の初期長篇小説の分析から次のように結論したくなる。初期の山崎作品は、船場の商家の世界で男に男らしい勝利を与えようとしている。が、いくら繰り返しても、男は、メリハリの効いたかたちで勝つことができない。船場の商家の範囲にとどまる限り、男らしい男の明白な勝利はありえないのではないか。

## 船場の外で

このような推測を裏付けてくれるのが、初期の長篇小説の中で、ひとつだけ除外しておいた作品『女の勲章』である。別扱いにしたのは、この作品だけ、舞台が船場の商家ではないからだ。こうした設定の変更の中で、はじめて、男が女に勝つ。……というと、すぐ後に述べるように言い過ぎではあるが、少なくとも、男は女に負けてはいない。つまり『ぼんち』のように、表面上は男が勝っているように見えて、実質的な勝利者は女であった、という反転はない。また、この作品における、男と女の対決は、物語論的には、真っ向からのものである。つまり『女系家族』のように、搦め手からの奇策によって男が勝利を得ているわけではない。

『女の勲章』を江藤淳が激賞している。昭和36年、朝日新聞で文芸時評を担当していた江藤は、慣例を破ってこの作品を論ずるのに一回分を費やした、と後に述懐している。慣例とは、新聞時評では新聞小説を扱わないという不文律である。[3] と同時に、江藤が時評でこの作品を論ずるのに多少の勇気が必要だったのは、これが「純文学」ではなく「大衆小説」だったからだ。しかし、彼は「作者の気迫のみなぎる『大衆小説』を無視するのは、道徳的に正しくない」と考えたらしい。『女の勲章』は、菊池寛の『真珠夫人』以来の大衆小説の衣鉢を継ぐ傑作だ、というのが江藤の見立てである。

『女の勲章』の主人公、大庭《おおば》式子は美貌の若い女性で、洋裁とデザインの才能をもち、戦後間もない頃に始めた洋裁教室を拡大し、ついに甲子園に服飾学院（聖和服飾学院）を設立するまでになった（昭和28年）。式子は、船場に対して愛憎が入り混じった両義的な感情を抱いている。彼女は、船場の羅紗問屋の生まれだが、戦災で船場を出てきたのだ。彼女は船場にノスタルジックな思いをもつと同時に、そのがんじがらめの因習を嫌ってもいた。このように、この小説の主人公も船場と無縁なわけではない。というか、山崎豊子は、船場の女を、船場という場所から脱出させたのである。[4] 式子の周りには、三人の若い女がいる。倫子、かつ美、富枝である。彼らはもともと式子の弟子で、今では洋裁学校の教員だ。いずれも表向きは式子に忠実だが、個人的な野心をもっている。

『女の勲章』は、服飾学校が成功し、拡張していく話である。これだけだと、『花のれん』の寄席経営をファッションデザイン系の学校に置き換えただけだということになる。だが、ここにもう一人の人物が加わる。八代銀四郎という名の若い男だ。東京の一流大学出身でフランス語もできるこの男は、服飾学校に出入りしているうちに、いつの間にかマネージャーに収まっていた。銀四郎は、女によくもて、式子をはじめ四人のすべての女と次々と性的な関係をもつ。彼は、金儲けにしか興味がない俗物的な野心家で、式子に寄生し、服飾学校の分校を次々と建設することで、私欲を満たしていく。女達との関係も金儲けのための手段である。銀四郎は、われわれの考察にとって興味深い。彼こそは、財前五郎（『白い巨塔』）の前触れだからである。

ついでに述べておけば、銀四郎との間にバランスをとるために、もう一人、男が登場する。銀四郎の大学の恩師の白石教授だ。式子は、白石教授と、歳の離れた恋に落ちたりするが、率直に言って、凡庸な人間観をさも深淵な哲学や文学であるかのように語るこの大学教授は退屈で魅力に欠ける。ほんとうに文学を研究しているのか、疑いたくなるほどだ。江藤淳も書いている。

「作者〔山崎〕は、あらゆるレトリックにもかかわらず、白石教授よりは銀四郎を愛している」と。だが、すぐに気づくように、白石教授は、『花のれん』の伊藤友衛の末裔である。いやむしろ、次のように考える方が正確だ。伊藤の「善」を「悪」に、そして彼の「精神的で消極的な応援」を「実質的で積極的な介入」に、それぞれ置き換えれば、何が得られるか。銀四郎である。伊藤を銀四郎に転換したとき、本来の伊藤的な性格が取り残されることになる。それを白石教授に担わせているのである。つまり、伊藤友衛は銀四郎と白石教授に分解された、というわけだ。

この小説は、式子の自殺で終わる。銀四郎が、自分の弟子達とも関係をもち、また自分が彼の金儲けの道具として利用され、気づかぬうちに多額の負債をもかかえさせられていたことを知り、絶望したからである。つまり、男（銀四郎）が女（式子）に勝つ。しかし、冷静に評価し直してみれば、この勝利も相対的なもので、むしろ痛み分け（引き分け）に近い。第一に、銀四郎の目的は、私的で経済的な利害の範囲のことで、「男らしさ」の理想からほど遠い。むしろ、世界のファッション界と渉りあおうとしている式子の野心の方が、男らしい。第二に、銀四郎に経営の才があったとしても、彼の成功は最終的には式子の才能と名声に負っているのだから、彼女を自殺に追い込んでしまえば、元も子もない。

がともかく、われわれはこの作品でひとつのことを知る。船場という文化的コンテクストから解放してやれば、男はそこそこの勝者に近づくことができる。圧倒的で目の覚めるような勝利ではないにせよ、である。

さて、前章からの初期の山崎作品の分析から、二つの疑問が浮上する。山崎豊子は、実は、作家としての仕事の最初から、男らしい男を描き、男が勝者となるような物語を書きたいという無意識の欲望をもっていた。しかし、その欲望は満たされず、男はなかなか成功しない。その山崎が、どうして、ある時期から、あれほど輪郭のはっきりした「これぞ男」というような男らしい男を次々と生み出すことができたのだろうか。これが第一の疑問だ。第二に、船場という設定の中では、どうして、男らしい男が出てこなかったのか。船場の何がそれを阻んでいるのか。どう考えても、船場のような商人の世界も、本来は、男の領分である。それなのに、船場を舞台にした山崎の世界で、男は男らしさを発揮できない。どうしてなのか。第一の疑問は、本書全体のテーマである。とりあえず、次章は、第二の疑問を片付けることにしよう。

---

1　「内部」とは船場用語では「奥内《おくうち》」である。商家の「奥」と「外」の両側に女がいて、両者の中間の「表」に喜久治（男）がいる。

2　喜久治は、最後にもう一人の女と関係をもつ。女中のお時とである。それまで、外部の一流の女とだけ関係をもっていた彼が、戦争の最中に、内部の下位の女に手をつけてしまった。このことに喜久治自身が、恥ずかしさを感じている。外部の女達の零落への支援によって内部の女（きの・勢以）に対抗していた喜久治が内部の最下位の女に回帰したことは、喜久治の零落への伏線になっている。ちなみに市川崑監督による映画版では、戦後、河内屋は閉じられ、喜久治は、お時だけを女中として側におきつつ、細々と生きていることになっている。映画版は、小説を読んだ者が、「多分こんなことになるだろう」と想像することをそのまま映像化し、その時点の喜久治を語り手として話を展開する。

3　『女の勲章』は「毎日新聞」に連載された。

4　『ぼんち』と『女の勲章』を対照させれば、こういうこともできる。船場の商売であった「足袋」にこだわった河内屋は没落したが、船場を離れ、戦後の流行にのった式子は成功することになる、と。

# 第四章　船場の四人姉妹の運命

## 船場の四人姉妹

山崎豊子の初期の作品は、主として船場の商家を舞台として展開する。しかし、この範囲では、スケールの大きな、男らしい男は誕生しない。むしろ、男らしさは女たちの方に見られる。船場というコンテクストから外に出たとき（『女の勲章』）、微妙に、男の勝利が予感される。男らしい男の出現を阻んだ、船場とは何か。どうして、船場に執着している間には、山崎作品に、あのメリハリのきいた男たちが出現しなかったのか。この問題を考察するために、この章は、少し山崎作品から離れ、別の文学作品を参照してみよう。比較のために、である。

山崎の『女系家族』は、三人姉妹が父の遺産をめぐって争い合う物語であった。この設定は、日本近代文学史上最も有名な、船場をめぐる小説へと、われわれの連想を導くことになる。それは、谷崎潤一郎の『細雪』である。[1]『細雪』も船場の老舗商家の姉妹を主人公としている。こちらの姉妹は四人であり、父がすでに亡くなっているという点では共通しているが、『女系家族』の三人とは違って、仲がよい。

谷崎は、『細雪』を、太平洋戦争が勃発した翌年に、つまり戦中に書き始めている。冒頭だけ戦中に公表したが、陸軍報道部の不興を買い、その後の公表は断念された。上巻だけ私家版として知人に配布したが、それすら軍部からのクレームがつけられた。結局、最終的に完成したのは、戦争終結の三年後、昭和23（1948）年である。物語そのものは、いつのことという設定であろうか。本文中に明示はされていないが、言及されている出来事から、昭和11（1936）年から昭和16（1941）年までのことだとわかる。中に紀元二千六百年（昭和15年）の年が入っている。物語は、日米の戦争が始まる半年強ほど前で終わる。『女系家族』よりも二十年ほど前のことであり、しかも戦前だということが重要だ。

『細雪』は船場の商家の姉妹のことを描いていると述べたが、実は、蒔岡《まきおか》家は暖簾を他人に譲ってしまい、もう商売をやってはいない。だから誰も船場に住んでいない。それでも、姉妹は、この旧家への強い愛着をもっている。姉妹は、上から、鶴子、幸子、雪子、妙子で、長女と次女は結婚し、子供もあるが、下の二人は未婚である。本家、つまり長女の鶴子の家族は、上本町に住んでいる。上本町の家も純大阪式の古い家で、もともと蒔岡家の別宅だったらしいが、彼女たちの父親の晩年に、住宅と店舗を別にする時代の流行を追って、蒔岡家はここに住むようになったらしい。次女は、芦屋に住んでいる。下の二人は、もとは本家にいたが、事情があって今では主に芦屋にいる。

蒔岡家が何を商っていたのかははっきり書かれていないが、江戸時代から続く名の知れた老舗だったようだ。姉妹の父は豪奢な生活を送っていたが、その段階ですでに放漫経営で、商売は破綻寸前の状態だった。家督は、長女鶴子の夫辰雄が継いだ。つまり、蒔岡家も、「女系」の方法で継承されたのだ。辰雄はもともと銀行員で、義父が亡くなると、周囲の反対を押し切って、暖簾を蒔岡家の家来筋の同業者に譲り、自分は銀行員に復帰してしまった。というわけで、先に書いたように、この物語が始まったときには、すでに蒔岡家は、船場で商売をやってはいない。次女の幸子も婿をとって分家した。幸子の夫の貞之助は、計理士だが、和歌などを嗜む風流人で、義兄ほどには忙しく働いていない。

『細雪』の物語の主筋は、三女雪子の見合いのことである。雪子は、「適齢期」を越えているが、なかなか適当な人が見つからない。小説の中でも、雪子は見合いを繰り返す。最後にやっと、結婚相手が見つかり、小説は結末を迎えるのだが、その相手については後で論じよう。それまでどの人もダメだったのに、どうしてその最後の男だけを一応は受け入れられたのか。脇筋は、四女――つまり「こいさん」――の妙子の仕事とかなり奔放な恋愛である。物語の前半で、辰雄の転勤によって本家（鶴子の家族）は東京に引っ越してしまう。だから、実質的に本家のように振舞うのは幸子の家族で、雪子の縁談も幸子と貞之助が主導する。姉妹は東京を嫌っている。特に雪子は。

この小説では、山崎豊子の船場物と同じように、男たちの魅力がもうひとつである。どの男も凡庸だ。仕事と放蕩の両面で優れている男を、「ぼんち」と呼ぶのだった。『細雪』では、仕事の面を体現しているのが、辰雄（長女の夫）だ。彼は堅実ではあるが、勇気や冒険心はなく、斜陽の商売を放棄して、サラリーマンに落ち着くというつまらない男だ。放蕩の方を体現しているのが、貞之助（次女の夫）だが、彼もまったく中途半端である。要するに、ぼんちを成り立たせている二つの条件を、二人の男に分割して一つずつ担わせているのだが、どちらも「不合格」だ。男らしい男が不可能（あるいは困難）であるという問題は、山崎豊子の船場物に固有であったわけではない。谷崎の作品にもつきまとっている。[2]『細雪』は、船場の老舗が没落へと向かう話である。というか、既に没落しているのだが、姉妹たちは、そのことを否認している。しかし、否認することが徐々に不可能になっていく。小説は、その過程を、半分滑稽に、半分残酷に描いているのである。『細雪』の姉妹が四人であることには理由がある。「四人」は、この両義性、つまり既に没落しているものに対して、未だ没落してはいないかのように関わるという両義性の産物だ。既婚の二人は、「未だ没落していない」というベクトルを代表しており、未婚の二人は、「既に没落している」というベクトルを代表している。これだけなら、姉妹は四人でなく二人で十分なのだが、それぞれの組の中で、もう一度同じ対立――「未だ／既に」の対立――が反復されているので、既婚者は二人、未婚者が二人でなくてはならない。かくして、姉妹は2×2で四人になる。だが、この点をわかりやすく説明するためには、船場の商家ということを歴史社会学的に位置づけておく必要がある。

## イエの条件

船場は、大坂の町人文化・商人文化の中心として栄えた場所である。船場が繁栄していたのは江戸時代である。そして江戸時代のみだ。江戸時代より前は、そこは何でもない場所だった。一五八三年に、豊臣秀吉が大坂城を築き、城下を開発したときでも、まだ船場は特別な場所ではない。きっかけは、一五九八年に大坂城三の丸の造営が始まったときに、一部の町人の移転先になったことにあるらしいが、開発が本格化したのは大坂の陣から後である。ともかく、ここでは、船場が江戸時代と結びついているということだけを確認しておけば十分だ。これ以上細かく船場の歴史を検討しても、われわれにとって有意味なことは何も得られない。

それよりも、われわれは、山崎豊子の船場物の主人公たちが執着した「暖簾」とは何かを見ておく必要がある。暖簾は、商家の、つまりイエとしての商店の象徴だ。『細雪』の蒔岡家には、もう暖簾はない。それでも姉妹たちは、イエに拘っている。イエとは何か。イエは日本独特な集団、ほとんど日本にしか見られないタイプの集団だ。われわれは、少し時間的なスパンを長くとって、日本史全体のコンテクストの中で、イエの本質を捉えておく必要がある。

イエはある種の経営体である。まず、広く信じられている通念から、「イエ」の概念を切り離さなくてはならない。イエはしばしば、家族の一種、もしくは家族を原型とするものだと思われているが、そうではない。確かに、「イエ」「家」という語が家族に近いものを指す場合も多い。「蒔岡の家」などと呼ばれるときもそうだ。しかし、たとえば「大名のイエ」「大商人のイエ」「イエ元」等におけるイエは、家族とは必ずしも関係がない。イエは、たまたま家族と一致するときもあれば、家族とは無縁なときもある何か、つまるところ家族とは独立の概念である。

イエは、その原型においては、次の四つの条件をもつ、生活を共同にする経営体である。[3] 第一に、集団の存立根拠（メンバーの資格）に関しては、血縁を超えていること（超血縁性）。使用人とか、郎党、所従などもイエのメンバーだが、彼らは血縁と関係がない。そして何より、「女系」を含むさまざまな養子の手法が柔軟に使われるところに、日本のイエの顕著な特徴がある。だから、イエは、一般に加入に関しては、契約に似た選択意志が働く。しかし、いったん加入してしまうと、まるで血縁があるかのように関係が「自然」化され、無期限・無限定に所属するのが原則である。[4]

第二に、集団の存続自体が自己目的となること（系譜性）。存続は、「父→嫡子」等の直系継承線が途切れず続いているかどうかで判断される。イエが大きくなると、しばしば、存続と統合の象徴である直系継承線と、具体的な経営活動にかかわる機能的組織部分とが、分離する傾向がある。たとえば商家の「奥内」と「店」との分離はその一例である。

第三に、目標達成のための機能本位の役割体系。すなわち機能的階統制。集団が、特にある程度の規模を超えたときに階層化するのは、きわめて一般的な現象である。しかし、カースト制や身分制は必ずしも機能本位ではない。それに対して、イエは機能的な合理性に基づく階統制をもつ点に特徴がある。たとえば商家であれば、「丁稚―手代―番頭（小番頭―中番頭―大番頭）―主人（＝だんさん）」といった階統制がそれにあたる。

第四に、高度な自立性。この第四の条件は、イエにとって絶対不可欠なものではないが、日本のイエは、しばしば、かなり高度な自立性をもつところに特徴がある。自給自足ができたり、またときに、自己防衛能力を備えていたりする。大名のイエを考えればよい。

このような条件を備えたイエが、日本では、ほとんどあらゆる領域、あらゆる分野に浸透した。船場の商家もそのひとつである。いや、数あるイエの中のひとつであるということにとどまらず、江戸時代においては、大坂の商家、船場の商家は、イエの中のイエ、最もイエらしいイエ、最も堅固な結束力をもつイエ、イエの代表であった。どうしてそうなったのか。そのことを説明するには、イエの起源、イエのような特殊な組織が何に由来するのかを知る必要がある。

## イエの起源

イエは、日本列島にはるか古代から存在していたわけではない。たとえば縄文時代のイエなどというものはない。古墳時代でもイエはない。イエの起源はどこにあるのか。武士団である。関東の武士団。そこから生まれたイエが、やがて日本のあらゆる集団の組織原理の原型になった。たとえばイエよりも古くからあった皇室も、典型的なイエになった。

どうして関東の武士団だったのか。イエが、それより前からあった国家、天皇を中心においた国家、つまり律令国家・王朝国家に独特の仕方で寄生することで可能になっているからだ。律令国家・王朝国家自体は、イエ以前の組織原理、ウジをベースにして形成されている。ウジは、文化人類学でいうところのクランの一種(祖先を共通にするという認識のもとで連帯している血縁集団)で、イエとは違い、世界中のどこにでもあるタイプの集団だ。ヤマタイ国は階層化されたウジであり、初期の天皇もウジたちのリーダー、ウジ連合の支配者である最大のウジの中から生まれた。関東は、このウジ社会の一種として成立した天皇中心の国家、つまり律令国家・王朝国家の実効的な権力がちょうど尽きる場所にあたる。それより北、奥羽は、蝦夷の地であり、天皇制国家のはっきりとした外部である。関東は内部とも外部とも言い切れぬ辺境であり、天皇制国家がその外部（蝦夷）を制圧するための兵站基地である。イエは、この辺境性をベースにして生まれた。

馬を駆使する兵《つわもの》たちが集合し、勝手に、自らをイエとして組織し、互いに争い合い、そして領主としてふるまうことができたのは、関東が、天皇制国家の法や命令の効力が十分には及ばない場所だったからである。同じことを西国で、近畿でやろうとしても絶対にうまくはいかない。

しかし、にもかかわらず、武士が大規模なイエとなりえたのは、それが天皇制国家の権威に依存していたからでもある。先に述べたように、イエは強い血縁原理に基づいてはいない。血縁が、つまり自然の紐帯がない者たちがどうして連帯できたのか。イエ的な組織原理は何層にも重なり、つまりイエの集合自体がまたイエとして組織されるというかたちで重層化し、最終的には幕府のような大型のイエにまで成長しうる。何がそのような大規模な連帯を支える忠誠の根拠になりえたのか。それは、結局、中核となる特別なイエに、あるいはイエのリーダーに、王朝国家に（幻想的な血縁によって）連なっているということからくる権威が、つまり貴種としてのカリスマが宿っていたこと、これが武士たちを惹きつけた根拠である。こうした権威がなければ、武士たちはごく小規模な仲間たちが離合集散するだけだっただろう。源氏が武士の棟梁（イエの集合として形成されたメタレベルのイエのリーダー）となった理由は、源氏が極めつきの貴種だったからだ。

だから、武士のイエは、明らかな矛盾の上に存立している。一方では、王朝国家の支配の実効性がほぼ尽きていることを条件としつつ、他方では、王朝国家に由来する権威に依存もしているのだから。そのため、武士のイエ、とりわけ大規模なイエ（大名や幕府）は、常に、自らによる支配の正統性の不足に悩まなくてはならなくなる。自分たち自身が蔑ろにしているもの（天皇や貴族）の権威に、最後には依存しなくてはならないのだから。しかし、この正統性の欠落は、隠蔽された。どうしてそんなことが可能だったのか。

それは、武士のイエが戦闘集団だったからである。武士には二つの役割がある。領主としての役割と戦闘者としてのそれだ。前者における正統性の不足は後者によって補われる。どういう意味か。人は、戦っているとき、大きな犠牲をともなう戦いに関与しているとき、崇高な価値をもつ何か、当面の目的をこえる何かに貢献しているという一種の幻想をもつ。これほどの犠牲を伴うのだとすれば、その犠牲を補償する（補償してなお余りがある）価値ある何かが得られるはずだ、といった想定をなす心的な操作が働くからである。客観的に見れば、戦闘には、集団の存続以上の目的がない。しかし、戦闘に参加している者は、何かそれ以上のもののために尽力しているという幻想をもつ。武士のイエが、常に戦闘者だったことが、その支配の正統性の不足分を補ったのである。武士のリーダーが、征夷《い》大将軍でなくてはならなかったのは、このためである。

## 大坂の商家

武士の大規模なイエ集団の最終的な勝利は、徳川幕藩体制の成立によって実現する。これによって、列島の全域は、ほぼ武士のイエによって支配されることになった。が、このときにこそ、武士たちに最大の危機が訪れる。彼らはもはや闘う必要がないからだ。戦闘している限りで立ち現れていた崇高なものは、戦いが終わってしまうと、雲散霧消してしまう。気がついてみると、彼らは何のためにそれに命がけで尽くさなくてはならないのかよくわからない組織の事務員・役人でしかない。それでも、江戸時代の全期間を通じて、武士たちは、一度も実戦で使ったことがないのに刀を腰に差し、自分たちは文官ではなく、ほんとうは戦闘者である、ということを誇示し続けた。[5]

山本常朝の『葉隠』(1716年頃)は、武士たちのこうしたアイデンティティ・クライシスの表現である。山本は佐賀藩士だ。「武士道というは死ぬことと見付けたり」という有名な命題を含むこのテクストは、まことに奇妙なテクストである。[6] このかっこいい詩的な命題に反して、内容のほとんどが、サラリーマンとして出世するための、細々とした処世訓だからである。生か死かという局面では死を恐れるなという教えは、戦闘者としての武士に対応しているのだが、反省してみると、何のために戦っているのか、何に殉じているのかわからないという空虚さの表現にもなっている。それを抜くと、武士には、小さな組織で、失敗せずに少しでも出世することしか人生の目的がない。武士のイエは、こうして魅力のとぼしい形骸へと転化した。

こうした状況の中で、武士的なイエを、その本来の輝きのままに継承したのが、商人たち、とりわけ大坂商人、船場の商人である。つまり、武士団の中で生まれたイエ(の最も良質な部分)は、江戸時代においては、武士によってではなく、むしろ商人によってこそ継承されたのだ。どうしてそうなったのか。

まず、われわれは、商人が幕藩体制の支配の(半ば)外部にいたことに気づかなくてはならない。商人たちは、農民と違って、誰にも租税を納めていなかったのだ。逆に、彼らは、武士や大名に金を工面してやる債権者だった。この意味で、商人は、幕藩体制の構造的な辺境にいたのである。商人は、身分制的な序列の底辺に位置づけられているのだが、最上層の武士の権力がそこにはほとんど及ばないからだ。こうした位置は、平安時代の武士の地理的な辺境性と類比的である。

さらに、江戸時代にあっては、商人は武士以上の戦闘者であった。武士は、もはや闘わない戦闘者で、勝利の報酬である領地が新たに与えられる可能性もゼロである。逆に、大きな不祥事があれば、解雇されて浪人になったり、藩ごと取り潰されるということもありえたので、江戸時代の武士は守備的になる。商人は違う。武器をもって闘うわけではないが、彼らは、不断の競争の中に置かれている。才覚があれば、競争に勝利すれば、自分たちのイエをどんどん拡大し、利益を積み上げることができた。商家はこうして攻撃的になる。

その上で、大坂の商人、船場の商人には特別に有利なことがあった。江戸（武士の中心）からは離れており、京都（王朝的なものの中心）に近かった、ということである。先に武士のオリジナルなイエについて、こう述べた。それは、王朝的なものとのつながりから連想させる高貴さを、イエの求心力として活用した、と。これと似たことが、大坂・船場の商人において再現される。彼らは、京都の洗練された文化の影響に直接に浴すことができるほどに京都に近かった。裕福な商人は、京都の雅な文化を模倣したり、独自に改造して受け入れたりすることができた。このことが、裕福な老舗の商家に、美学的とも言える魅力を付加することになったのである。

このように江戸時代にあっては、船場の商人において、イエという組織原理は最も力を発揮し、成功する。大坂商人の二面性も、以上のことから説明できる。一方で、彼らは、利にさとい合理主義者である（しぶちん――山崎の短篇小説のタイトルにこの語が使われている）。彼らは、仕事の面では厳しい戦闘者だからである。他方で、彼らは、細々とした打算を無視して、ときに、洗練された遊びのために蕩尽する。彼らは王朝文化の継承者だからだ。この両面をバランスよく備えていれば、男は「ぼんち」と呼ばれた。

## 下痢が止まらない

船場の商家を最も魅力的なイエとして成立させた以上のような条件は、江戸時代という社会によってもたらされたものである。権力が十分に及ばない辺境性も、他の階層にはなかった戦闘者的な性格も、そして王朝文化との近接性も、すべて江戸時代の社会的な条件に規定されている。明治以降、これらの条件はなくなるか、大幅に薄められる。かくして、船場の商家は没落せざるをえない。今度は、船場の商家が、江戸時代の武士のイエのような運命をたどることになるのだ。

その没落の様を描いた小説が『細雪』である。もう一度、四人姉妹を見てみよう。長女鶴子と次女幸子は、父が存命中に、とりあえず、「ふさわしい」とされる男を養子婿としてもらっている。その意味では、彼らは、「没落前」の時代に滑り込むことができた。しかし、三女雪子とこいさんの妙子は、間に合わなかった。雪子の結婚相手がなかなか見つからないのは、雪子が、そして蒔岡家の者たちが、老舗商家はまだ活きているという前提で、婿を探しているからである。

しかし、時代は転換し、そのような商家に適合した男などどこにも存在していない。三女雪子と四女妙子は、「没落後」を生きざるをえない。

だが、鶴子の夫も幸子の夫も、よく見れば、残念な男たちである。彼らは、商家を継ぐことなどできない。何と、最も肝心な継承者であるべき鶴子の夫が、つまり本家が、東京に移動してしまう。イエの存続の証である直系継承線が失われてしまったのだ。それでも、姉妹はなおイエが存続しているかのようにふるまおうとするため、分家の幸子たちが本家を代理しなくてはならなくなる。本家は、商家がすでに失われているという現実を生きることを強いられ、分家の方は、それが残っているかのように強引に行動する。この捩れが、それ自体、商家の没落を象徴している。

末娘の妙子は、蒔岡家の没落に最も積極的に対応していると言えるだろう。勝手に仕事をし、自由に恋愛しているからだ。とはいえ、彼女の行動には、商家の繁栄への未練を残した自暴自棄の含みがある。彼女は、一介の庶民の男の子を孕む。しかし、死産だったことに、前途への暗い暗示がある。

そして三女雪子だ。彼女は、妙子とは逆に、最も徹底的に老舗商家がまだ存続しているということに拘るために、いつまでも結婚相手が決まらない。が、最後にやっと相手が見つかる。だが、その男はたいして魅力があるようにも思えない。なぜ彼なのか。その男、御牧《みまき》が子爵の息子だからだ。つまり、彼は王朝貴族につながっているのだ。述べてきたように、武士の段階からイエは、究極的には、貴族との関係を通じてその魅力を獲得している。雪子は、このイエの条件にふさわしい相手を見つけたことになる。しかし、すでに王朝的な貴種であることにたいして価値がない時代に入っている。少なくとも、そのおよそ半年後に始まる太平洋戦争が終結した後には、「子爵」の価値などまったく無と化すのだ。雪子の身体は、それを予感している。彼女は、東京で行われる婚礼のために衣装を準備しているが、ちっとも喜びが出てこない。逆に下痢が止まらなくなる。次が『細雪』の結末の一文である。

そう云えば、昔幸子が貞之助に嫁ぐ時にも、ちっとも楽しそうな様子なんかせず、妹たちに聞かれても、嬉しいことも何ともないと云って、けふもまた衣えらびに日は暮れぬ嫁ぎゆく身のそゞろ悲しき、と云う歌を書いて示したことがあったのを、図らずも思い浮かべていたが、下痢はとうとうその日も止まらず、汽車に乗ってからもまだ続いていた。

1　山崎豊子の秘書、野上孝子によれば、山崎は実際、ある編集者から『女系家族』は「逆・細雪」だと評されたことがある。『山崎豊子先生の素顔』文藝春秋、2015年、26頁。
2　ただし、山崎には男への愛があって、なんとか男をよく描いてあげたいという思いが作品を貫いているが、谷崎にはそれがない。
3　イエについての社会学的な研究としては、未だに、村上泰亮、佐藤誠三郎、公文俊平の共同研究が最も信頼できる。『文明としてのイエ社会』中央公論社、1979年。われわれも、これを参照しつつ、適宜、その後の歴史研究の成果を補って、修正しながら論を運んでいく。なお、「イエ」という言葉の語源については次のようになる。

イエは本来「イヘ」であり、「ヘ」はヘッツィ（竈）を指す。イヘはカマドを中心とする住居を意味していた。英語のhouseやドイツ語のHausも似た意味である。カマドは、生活の全体にわたる共同行動の象徴である。

4　ヤクザの組織のことを考えるとよい。入りたければ自分の意志で入ることができるが、いったん入ってしまえば、抜けられない。F・L・K・シューは、イエのこうした性格を、契約（contract）と血縁（kinship）の合成だとして、kin-tract（縁約）と呼んだ（F・L・K・シュー『比較文明社会論』作田恵一・浜口恵俊訳、培風館、1971年）。

5　軍人性から距離をとろうとする中華帝国の官僚との違いに留意せよ。彼らは武器を携行したりはしない。

6　『葉隠』は聞き書き、つまり常朝が語ったことを田代陣基《つらもと》が筆録したものである。

# 第五章　最初のほんものの男は悪だった

## 「男」の誕生

江戸時代においては、イエを守り、拡大するために戦う武士の精神は、武家においてよりも、商家において保持されていた。そのような江戸時代の商家の中心にいたのが、船場の商人たちだった。要するに、船場は、まさに男（武士）の世界だった。だが、船場がそのようなものでありえたのは、江戸時代だったからである。江戸時代の社会的条件が船場を、保身的な官僚に転じてしまった武士たちの世界よりもずっと武士的で男性的な世界に仕立て上げたのである。

江戸時代という条件を失えば、船場はもはや男の世界としては終わっている。山崎豊子は、船場の男を、船場で活躍する男らしい男を描こうとした。だが、それは不可能なことだ。作家の技術の問題ではなく、社会的な条件がそれを許さない。たとえば、山崎は、『花のれん』で直木賞を取った後のインタヴューで、「大阪の女を描いたつもりです。船場では白い喪服を着ると二夫にまみえずという心意気を示したものというような大阪の女を」、と答えている。[1]これは、男に徹底的に忠実な女、そのことの「心意気」によって、ついに男らしさを身に帯びた女という意味である。つまり、主人公に男らしさを与えようとすると、いわば空間の歪みに由来する見えない力が働いて、その性別は女になってしまうのだ。

同じインタヴューの中で、山崎は、「私は今後も大阪のこと、大阪のこころ、大阪の人間を書いていきたい」と語り、ある評論家から「大阪ものしか書けないではないか」と批判されたということを紹介しつつ、大阪にいて、大阪のことしか書かないのがなぜいけないのだ、といった趣旨で反論している。おそらく、このころ、彼女はずっと船場の商人を描き続けるつもりだった。実際、ここまでの考察の中でも見てきたように、山崎はしばらく、半分だけ例外的な『女の勲章』を別にして、船場につながりのある小説を描き続けた。

船場というコンテクストから離脱したとき、山崎の小説に初めて、真の「男」が、男らしい男が登場する。その男の名は財前五郎。昭和38（1963）年9月から昭和40（1965）年6月にかけて週刊誌で連載され、連載終結のすぐ後に——昭和40年7月に——単行本が出た『白い巨塔』は、ついに「男」が誕生したという意味で、山崎の作家人生の画期をなす作品である。[2] この作品は、旧帝大系の国立大学の医学部を舞台としており、船場とは何の関係もない。その大学は「浪速大学」なので、大阪のことといえば確かにそうだが、大阪であるということは、この小説の筋にとって本質的な意味はないので、つまり、舞台が東京や京都の大学であってもかまわないので、この小説は大阪ものとは言えない。

## 財前五郎は二度勝った

『白い巨塔』のストーリーはあまりにも有名だ。国立浪速大学医学部第一外科助教授の財前五郎が、工作の限りを尽くして、念願の教授の地位を獲得する話だ。財前は、自身の出世・昇進だけを目標とする異様な野心家として描かれている。

プロットを確認しておこう。財前は、非常に卓越した手術技術を有する外科医であり、とりわけ食道噴門癌の手術を得意としている。財前の神業的な手術はマスコミでも取り上げられ、彼のもとには全国から手術の依頼が集まった。助教授の財前は、第一外科の教授ポストを狙っていて、実際、その有力な候補だ。第一外科教授の東貞蔵の定年退職が半年後にひかえているから、順調にいけば、財前はその後任として教授に昇格するはずである。ところが東は、自信満々で野心をむき出しにし、またマスコミなどでもてはやされる財前が気に入らない。ついに東は、利己的な野心家である財前は人格的に教授にふさわしくないとし、自身の後任教授を、他大学から迎え入れようと動き始める。東は、出身校である東都大学の船尾教授から推薦された金沢大学教授菊川を、財前の対抗馬として立てることにした。

財前の方も、東の動きを察知し、義父（妻の父）で産婦人科医、財前又一の財力と人脈を頼りに、東に対抗した。金はあっても、一介の開業医である又一は、娘婿の五郎が、国立の大学病院の教授という名誉ある地位に就くことを切望しているのだ。財前は、又一の人脈を使って、最初は東に好意的だった医学部長鵜飼を籠絡することに成功する。その後も、東側も財前側も策を弄して、自分の味方を増やそうとする。財前は、とりあえず、第一外科の医局を、自分への支持者にすることには成功する。

教授選考委員会は、結局、教授会に対して、財前、菊川、そして徳島大学教授葛西を、第一外科の教授の候補者として提案した。教授会での投票の結果、過半数を得票できた者はおらず、一週間後に、財前と菊川の間で決選投票がなされることが決まった。この一週間は、学内外の人々を巻き込む、熾烈な「選挙戦」が展開された。双方ともになりふりかまわず支持者を増やそうとしたため、賄賂の現金が飛び交い、学会等のポストが票の取引の材料として使われたりしたのだ。結局、決選投票では、財前が16対14の僅差で勝利した。こうして財前は、浪速大学の教授となった。

教授昇進直後に、財前は、ドイツで開かれる国際外科学会から特別講演の招待を受ける。これは名誉なことで、財前はこのとき、得意の絶頂にある。しかし、このあと、もう一つ、彼には大きな試練が待っていた。

里見脩二《しゅうじ》は、財前の同窓で、第一内科助教授である（医学部長の鵜飼教授の下）。彼は、患者のことを親身になって考え、昇進よりも研究に関心がある人物として描かれている。『白い巨塔』は、「財前／里見」の二項対立を基軸に展開していることは明らかである。国際外科学会からの招待状を受けた頃、財前は里見から、佐々木庸平という胃癌患者について相談を受け、手術を担当することになる。だが、財前は、保険扱いで社会的地位もあまり高くない（と言っても中小企業の社長だが）この患者には冷たかった。国際外科学会への準備に気持ちが奪われていたことも加わり、財前の佐々木への対応はおざなりで、誠実さに欠けていた。特に、佐々木の胸部レントゲン写真に映っていた陰影は癌の転移巣ではないかとする、里見の進言を退けて、十分な検査を経ずに手術を断行した。術後、佐々木は呼吸困難に陥るが、財前はこれを術後肺炎と診断し、佐々木の受持医の柳原に抗生物質の投与を指示し、その後のすべての処置を一任し、ドイツに発った。しかし、これが誤診で、治療効果がなく、佐々木は結局、財前がドイツに滞在中に死亡した。

里見の強い勧めで、遺族は、遺体の病理解剖に同意した。解剖によって、佐々木の死因は、肺炎ではなく癌性肋膜炎だったこと、そしてもともと、肺に癌の転移があったことが判明する。遺族は、財前の高圧的な態度に怒りと憎しみを感じていたので、財前に誤診があったとして彼を被告として民事訴訟を提訴する。財前は、ドイツから帰国してそのことを知る。

裁判では互いに死力を尽くして戦い、何人もの医療関係者が証言台に立った。財前はこの裁判に勝つ。判決では、財前に道義的責任はあったかもしれないが、法的責任は問えない、とされた。裁判で、原告側（遺族側）の証人として証言した里見に対しては、山陰大学教授への――つまり地方の国立大学への――転任という報復的な辞令が出されるが、彼はこれを拒否し、浪速大学を去る。

以上が、『白い巨塔』のあらすじだ。要するに、財前は、二度勝つのだ。最初は、教授昇進人事の争いに、二度目は、医療裁判に。実は、この後、続篇が書かれた（正篇の単行本が出てから二年後に連載が開始され、続篇の単行本は昭和44年に刊行）。続篇では、佐々木の遺族が控訴し、財前は、今度は敗訴する。最後には、財前自身が癌で死ぬ。つまり続篇では、財前は二度連続で敗北し（裁判と人生に敗北し）、正篇での勝利がキャンセルされてしまう。だが、われわれは、続篇を問題にしない。というのも、後で述べるように、続篇は、山崎が社会的な圧力に妥協して書いたものであり、予定されていなかった筋だからだ。『白い巨塔』は、本来、財前の勝利で終わるべきものだったのである。

## 和賀英良との対比

『白い巨塔』は、(正篇の) 週刊誌連載中から異様な反響を呼び、単行本も大ベストセラーとなった。正篇刊行のおよそ一年後に公開された映画 (山本薩夫監督) も大成功をおさめた (キネマ旬報・ベストテン一位、芸術祭賞獲得)。主演は田宮二郎。「財前五郎」は田宮のほとんど代名詞になった。[3] その後、今日まで、『白い巨塔』は、韓国版を含めて、五回、テレビドラマ化されている。直近の日本のドラマは、2003年版 (フジテレビ) である。

山崎は、この作品以前にすでに人気作家としての地位を獲得してはいた。しかし、『白い巨塔』は、それ以前とは桁違いのヒットで、読者の範囲も何倍にも拡大したはずだ。今日、大方の日本人は、『白い巨塔』以降の作品で山崎を記憶している。『白い巨塔』によるブレークスルーがなかったら、山崎は忘れられていただろう。成功の原因は、ひとえに「財前五郎」という人物の造形にある。見てきたように、彼はダークな悪のヒーローだが、妖しい魅力をもつ。人々は、財前の運命から、財前が教授に昇格できるのかできないのか、裁判に勝てるのか負けるのかから目を離すことができなくなったのだ。財前が、現代社会を生きる「男」だったからである。だが、財前のどこに人々は「男」を感じたのだろうか。

財前を、松本清張の『砂の器』の主人公和賀英良《えいりょう》と比べてみるとわかる。山崎豊子と松本清張は、「社会派」の人気作家としてしばしば比較されてきた。『砂の器』は、『白い巨塔』とほぼ同時期に書かれた作品である（昭和35年から36年にかけて『讀賣新聞』で連載された）。原作小説も映画もヒットした、という点でも共通している。

財前五郎と和賀英良はよく似ている。二人とも貧しく不幸な家庭の出である。実は、二人とも、名前（姓）によって、その出自を隠している。「財前」は、結婚して養子婿に入って得た姓で、五郎の本来の姓は「黒川」である。五郎は、幼くして父を亡くし、貧しい母子家庭で育てられたが、村の篤志家に学費を出してもらい大学まで出た。その後、裕福な財前家に養子婿に入ったというわけだ。財前家の財力が、五郎の教授選で決定的な役割を果たす。イエ（財前家）が有能な養子婿を迎えて繁栄を図る（「教授」を一族に抱える名誉を得る）、という、船場ものでも使われていた構図が、ここでも継承されているのである。[4]『砂の器』の和賀英良の出自の隠蔽はもっと徹底している。「和賀英良」は全面的に捏造された氏名、戦後の混乱期に戸籍ごと造られた氏名だ。和賀英良の本来の氏名は、本浦秀夫である。[5]すぐ後に述べるように、和賀はどうしても出自から解放されたかったのだ。財前も和賀も、自身の才覚によって出世し、頂点を目前にしている。財前は、医学部教授に昇り詰めた。和賀は、新進の音楽家として注目されていて、最終的な成功の一歩手前にいる（大物代議士の娘と婚約し、アメリカでの演奏会も決まっている）。

しかし、和賀英良は、幼かった頃に彼を救ってくれた元巡査を殺してしまう。自分の過去が露見するのを恐れたからだ。和賀英良の――というより本浦秀夫の――父は、「らい病」（ハンセン氏病）を患っており、父子は裏日本をホームレス状態で放浪していた。彼ら二人を保護したのが、巡査の三木謙一で、彼は、父代わりになって秀夫を育てるつもりだったが、秀夫は、逃亡してしまったのである。和賀を訪ねたとき、三木には、和賀に対するいかなる害意もなかった。まったく逆である。彼はただ純粋になつかしく、成功しつつある和賀に会いに来ただけだ。和賀は、このような善意の訪問者を殺してしまった。和賀の犯罪は、和賀の気の小ささの結果である。

財前が和賀と異なっているのは、まさにこの点である。彼は、田舎の貧困家庭の出身だが、過去から逃げる和賀のような臆病さはない。「医療ミス」のせいで、財前は、敵意をもった挑戦者から訴えられるが、これを受けて立ち、自身の正当性を堂々と主張する。

財前の「男らしさ」の源泉は、つまるところ、彼の「過剰さ」にある。どういう意味か、説明しよう。財前の出世への執念は、もちろん私利私欲から来る。それ自体は、めずらしくなく、誰もがもつ願望だ。だが、彼の執念や欲望はあまりにも強烈で、妥協がなく、よく見れば、本末転倒のレベルに達している。彼の若さで、しかも直属の上司をはじめとする周囲に多くの反対者がいる中で、あれほど強引に教授職を狙えば、かえって不幸を招くことになる。実際に、そうなったのである。彼は、自分の強引なやり方が、幸福よりもむしろ不幸への道であることを、十分に承知していたはずだ。にもかかわらず、彼は教授のポストを今直ぐ得ようと、決してあきらめない。この、ほとんど自己利益に反するまでの執念に、読者は、「男」を感じてしまうのである。

## 過去からの訪問者

今、われわれは『白い巨塔』を『砂の器』と比較してみた。財前五郎は、和賀英良に対する無意識のアンチテーゼである。『砂の器』を対照項として選んだことには理由がある。この作品は、1960年代から70年代前半にかけての、日本のミステリーの説話論的範型になっているからだ。つまり、この時期、これとほぼ同一の説話構造をもつミステリーが、相互に影響関係なく、いくつか書かれ、いずれも、書籍がベストセラーになっただけではなく、映画も興行的に成功した。『砂の器』に匹敵する人気を得た代表作は、水上勉の『飢餓海峡』（1962年）と森村誠一の『人間の証明』（1975年）である。[6]

どの作品でも、犯人となる人物は、人も羨むレベルの社会的な成功を享受している。和賀英良もそうだった。『飢餓海峡』の犯人樽見京一郎は、京都府舞鶴市で活動している裕福な実業家で、地元の名士として尊敬されている。『人間の証明』の犯人は女性で、八杉恭子という名である。彼女は、有名な「家庭問題評論家」で、彼女の夫も有力な政治家だ。その成功した人物のところに、突然の訪問者が現れる。『飢餓海峡』の樽見京一郎のもとにやってくるのは三十代の女性であり、『人間の証明』の八杉恭子を訪ねてくるのは、アメリカから来た黒人青年だ。三木元巡査と同じように、これら訪問者たちは、犯人にあたる人物に好意や善意しか抱いていない。にもかかわらず、彼らは殺される。どうしてなのか。

訪問者たちが、犯人たちの過去の決定的な秘密に関係しているからだ。『飢餓海峡』の樽見を訪問した女性は、樽見が、敗戦直後の混乱期に、青森県で関係をもった娼婦である。このとき樽見は彼女に大金を与える。女性は、このことのお礼を言いたくて樽見に会いに来たのだ。しかし、樽見は、彼女を恐れた。というのも、彼が与えた金は、その前日、彼が仲間と一緒に強盗殺人事件を起こして獲得した金の一部だったからだ。つまり樽見にとっての秘密は、強盗殺人の共犯者だったということである。『人間の証明』の八杉を訪問した黒人青年は、八杉の実子である。彼女の秘密は、敗戦直後に黒人アメリカ兵と同棲していた、ということである。父とともにアメリカに渡った息子が母に会いに来たのだ。

だから、財前五郎が、和賀英良のアンチテーゼであるだけではない。彼は、これらすべての同型的な物語の犯人に対するアンチテーゼである。今見たように、これらのミステリーにおいて、被害者は、過去からの訪問者だ。過去の秘密は作品ごとにさまざまなように見えて、実はすべて、同じ出来事に関係している。戦争、いや敗戦である。和賀の秘密は、戦後のドサクサに紛れて、偽の戸籍を作り、父と自分との関係を抹消したことであった。樽見の秘密は、敗戦直後の極端な貧困の中で手がけた強盗殺人である。そして八杉の秘密は、生きるために進駐軍の軍人と性的な関係をもったことだ。

同じ頃、同じような構造のミステリーが繰り返し書かれ、しかも多くの読者を得たということは、次のようなことを意味している。60年代・70年代の日本は、そこそこ繁栄しており、その事実を日本人は自覚していた。和賀英良のような人物は、そうした繁栄や上昇の象徴である。しかし、同時に、日本人は、敗戦に際して自分たちがやったことに――それが何であるかは定かではないがとにかくそのときにやったことに――、とてつもなく大きな、集合的で無意識の後ろめたさを感じていたのではないか。当時の日本人は、そのとき（敗戦時）に決定的な罪を犯した、ということを無意識のうちに知っていた。そして、過去からやってきた使者が、「お前は今、成功しているようだが、その成功は、あのとき犯したこんな悪いことのおかげではないか」と責めるかもしれぬ、と恐れていたのだ。この無意識の後ろめたさの原因となった出来事が、ミステリーの中で、少しずつずらされて——敗戦直後に関わった犯罪やスキャンダラスな性的関係などへとずらされた形式で——表現されているのである。

翻って、財前を見るとどうだろうか。物語によれば、財前は敗戦時に二十五歳であり、軍隊に動員されていてもおかしくない年齢だった。しかし、実際には、彼の人生には戦争や敗戦の影はまったくない。彼は敗戦の後ろめたさとは無縁である。このことが財前の「男」らしさとつながっている。逆に言えば、和賀英良が財前ほどには「男」になれなかったのは、彼が敗戦時に抱えてしまった後ろめたさのせいである。

## 「悪」としての「男」

だが、このようにして「男」になったことには、代償があった。この段階では、「男」は、負のヒーロー、悪のヒーローだからだ。後の山崎作品の主人公は、「善」や「正義」を体現する「男」である。しかし、財前は違う。どうして、この段階の「男」は悪のサイドを代表する者なのか。どうして、「男」は、悪のヒーローにならざるをえなかったのか。

後の作品では、里見のような「善」の位置に就いている者が「男」になっている。しかし、『白い巨塔』の里見は、「男らしい男」のイメージからはほど遠い。山崎は、正篇を書き終えたあとのエッセイで、里見助教授にふれつつ、「女性の読者の方から、なぜもっと、ベン・ケーシーのように正義感に満ちた医者を書かないのかと詰問された」と書いている。[7]里見は、ベン・ケーシーとは違う、と読者にも感じられていたのだ。なぜ里見は「男」ではないのか。財前に比べて、里見は、確かに善人だ。しかし、彼の「善」は、場当たり的で個別的でしかなく、普遍的な原理へと向かおうとする強靭な意思や深い反省を伴っていない。たとえば、彼は佐々木庸平のためにこうして欲しいああして欲しいと言う。しかし、このように言うとき、里見に、「苦しんでいる者は佐々木さんだけではない」というごくシンプルな事実をめぐって懊悩した形跡はない。ただ目前の誰かや自分にとって善いことを主張しているだけの里見には、どんな状況でも一つの同じ目的のために全身全霊を尽くそうとする財前のような原理的な徹底性がない。

どうして、この段階では、「男」である主人公は、財前であって、里見ではなかったのか。これがわれわれの問いたいことである。財前（悪）を「男」にすることも、里見（善）を「男」にすることも可能だったが、たまたま前者のやり方を選んだ、ということではおそらくない。里見のような人物を主人公にして、ベン・ケーシーのような医者として描いていたとしたら、どうなっていたかを想像してみるとよい。極端に退屈な物語になるか、まったくリアリティが欠けた物語になるか、どちらかであったに違いない。少なくともこのときには――このときの山崎には、そしてこのときの日本には――「男」と「悪」との間には、何か本質的なつながりがあったのだ。「男」であろうとすれば、「悪」でしかありえないような。しかし、そのつながりとは何か。両者はどんな論理で結びついているのか。

『白い巨塔』の連載が進み、とりわけ裁判の場面に入ると、多数の読者から、筋にまで介入しようとする、激しい反応があった。まず、患者やその家族からは、財前は許せない、絶対に敗訴にすべきだ、との手紙がたくさん寄せられた。しかし、医者側からはまったく逆の反発があった。あの程度のことだったら、絶対に財前を勝訴させるべきだ、と。『サンデー毎日』には、そのような医者たちの声を紹介する特集記事まで組まれた。誤診裁判の結末によっては、医師会で告訴することもありうる、などという激しい抗議もあったという。フィクションなのに、ほとんど現実の裁判として読者たちは展開を見守っているのだ。

これほどまでに読者を巻き込むことになったのは、財前が「悪」に特化していたからである。財前が中途半端に善人でもあったら、ひとつの小説がこれほどの「現実」になることはなかっただろう。いずれにせよ、山崎は、読者たちの反応に左右されず、予定通り、財前勝訴の結末を書いた。しかし、この結果に対する、読者の、とりわけ患者の落胆があまりにも大きかった。山崎が再び筆をとり、続篇を書いたのは、読者の痛みに山崎自身が耐えられなくなったからである。

1 「〃土性っ骨〃のある男に惚れる」『大阪づくし 私の産声』新潮社、2009年。
2 実は、山崎豊子は、直前に『花紋』という小説を書いている（昭和39年刊行）。この作品は、山崎の長篇小説の中では、——めずらしいことに——あまり知られてはいない。この小説はストーリーの点でも、山崎作品の中で例外中の例外である。唯一、女としての女、女性性が強調された女を主人公としているからだ。主人公は、大正歌壇で活躍し才色兼備の歌人、御室みやじである。『花のれん』や『女の勲章』は、すでに見てきたように、経営者でもある女が「男」のように振る舞うところにおもしろさがあったのだが、『花紋』の主人公は、徹底して「女」である。われわれの関心は社会学的なものなので、他の作品と比べて大衆的な支持の小さいこの作品は扱わない。だが、船場ものの「男」の失敗と『白い巨塔』における真の「男」の登場の間に、「女」が挟まっているのは興味深いことだ。真の「男」を生み出すためには、いったん、「男」を描くことを放棄し、「女」の極限にまで行く必要があった、かのように見える。言い換えれば、「男」としての女（『花のれん』）というねじれを「男」としての男へと転換するためには、間に「女」としての女を挟まねばならなかったのである。

3　田宮は、1978年のテレビドラマで再び財前五郎を演じた。彼は、ドラマの収録後、未放映分を二回残している段階で、猟銃自殺した。

4　しかし、すでに見てきたように、船場ものの養子婿は皆めめしい。それに対して、財前は「男」であり、財前家の希望の星である。

5　戦火で戸籍関係の書類が焼失してしまったので、戦後、自己申告によって戸籍を再確認した。そのとき、本浦秀夫は偽の戸籍を造ったのだが、その名が「和賀英良」であるというのは不自然である。そのようにして戸籍を捏造して、自分のアイデンティティを隠したければ、いかにもありそうな普通の名であった方が安全である。「山田太郎」のような、である。なぜ、松本清張は、ストーリーの自然さを犠牲にして、主人公に、とても個性的な名前を与えたのか。私の考えでは、この名にはアナグラム的な寓意が隠されている。詳しくは、大澤真幸『現実の向こう』（春秋社、2005年）第2章、参照。

6　この三作品の説話構造の同型性については、内田隆三の指摘に基づいている。『国土論』筑摩書房、2002年。

7　「『白い巨塔』を書き終えて」前掲書、55頁。

# 第六章　男の定義

## 悪の諸類型

山崎豊子が最初に描くことに成功した「男」は、財前五郎だった。だが、その男は、後の山崎作品の男たちとは、決定的な点で異なっている。ある時期から後の山崎作品の男たちは皆、善や正義を体現している。しかし、財前は悪の野心家である。

さて、ここで、懸案の問いに答えてみよう。ここまでずっと、山崎豊子の作品の主人公の男らしさについて論じてきたが、そもそも、「男」とは何か、「男らしい」というときの男とは何か、あえて回答せずにきた。つまり、ここまでは、人々の「共通感覚」を頼りに議論を進めてきた。しかし、真の「男」が登場したところで、何が男らしさを、つまり「男」を定義する条件なのか、を明確にしておく必要がある。

善人か悪人かということは、男らしさや女らしさとは独立している。たとえば『白い巨塔』の里見脩二は善人だが、財前のような「男」を感じさせるものがない。しかし、善人が一般に「男らしさ」に欠ける、というわけでは、もちろんない。山崎豊子の後期の作品が、そのことを証明している。とりあえず、財前にどうして「男」を感じるのか、その理由を反省的に取り出してみよう。

そのためには、そもそも悪とは何か、ということから考え直しておくとよい。カントによれば、悪には三つのタイプがある。[1]第一の悪の類型は、最もわかりやすく、ありふれたもので、人間の弱さ、意思の弱さに由来するものだ。その人は、自分が何をなさなくてはならないのか（あるいは逆に何をなしてはならないのか）、自分に課せられている義務が何であるかを、完全に分かっている。しかし、この義務には反する快楽への欲望があり、そうした欲望をはねのけるだけの強さが備わっていないとき、人は、悪に手を染めることになる。たとえば、私が、他人の物を盗ってはならないことを知っているのに、誰かの所有物が欲しくなり、それを奪ってしまったとすれば、それは私の弱さゆえの悪である。悪について人が抱く、典型的なイメージは、これである。悪の原因は、人間の本性のうちにある弱さであるとされる。

第二の悪の類型は、第一の類型をベースにしてはいるが、はるかに狡猾なものだ。第一の類型においては、人は、自分が義務を履行できていないことを認めている。もし他人から指摘されれば、その人は自らの罪を認めるだろう。それに対して、第二の類型は、外形に現れている行動のレベルでは、倫理的な義務に従っているように見えるが、内的な動機が、私的な欲望や快楽に基づいているような悪である。「しつけ」と称して、ほんとうは鬱憤を晴らすためになされる（子どもへの）虐待とか、嫉妬に動機付けられているだけの、姦淫（不倫）の告発とかが、この類型に属する。この悪の原因は、人間の不純性、「不純な動機」というときの不純性にある。

そして、第三の、カントの観点では最も破壊的な類型は、義務への感覚、義務を果たさねばならないという内発的な動機付けを一切欠いていることに由来する悪である。この悪の立場からすると、ルールとか法とかは、物理的な障害物と同じタイプの外的な障害物に過ぎない。ルールに従わなくてはならないとか、法を守らなくてはならない、という内的な衝動は皆無であるときに出てくるのが、悪のこの類型である。「法さえ守っていれば何をやってもいいんでしょ」といった言い分が、この第三類型を特徴づける。今日のわれわれの常識では、この類型は悪だとは考えられていない。それどころか、「ルールを守っているのに何か文句あるのか」といった主張は、自分が正当性を言い立てるときに使われている。しかし、カント的には、この主張は、自分が最も破壊的な悪に属していると言っているに等しい。この第三の悪をもたらしているのは、カントによれば、邪悪性そのものだ。

さて、財前五郎の悪は、三つのうちのどれか。最初に、関係がないものとして外してよいのは、第三類型である。カントが第三の悪として念頭においているのは、義務感や使命感をまったく欠いた者の悪である。財前は逆だ。彼は、何としてでも浪速大学医学部教授にならなくてはならないと考えており、そのためにすべてを犠牲にしてもかまわないとさえ思っているのだ。この意味では、財前は非常にストイックである。これは、第三の悪には当てはまらない。では、財前の悪は、第一の類型か、第二の類型かのどちらかにあたるのだろうか。

たとえば、前章で『白い巨塔』と対比した、『砂の器』や『飢餓海峡』『人間の証明』の主人公たちの犯罪は、悪の第一の類型に属している。和賀英良も、樽見京一郎も、八杉恭子も、殺人の禁止が絶対的な義務を規定していることを知っている。しかし、彼らは、自分たちが現在享受している地位や名声を手放すことへの恐れから、この義務を遵守することができなかったのだ。財前五郎は、しかし、人間的な脆弱さから、何かの義務を履行できなくなっているわけではない。財前の悪は、この類型ではない。

では、財前の悪は、第二の類型に含まれるのか。わかりやすいことから片付けておこう。間違いなく、この類型の悪を犯しているのは、財前五郎の教授昇進に反対している、東貞蔵をはじめとする浪速大学医学部の教授たちである。彼らは善人面をしているが、決して善人ではない。東貞蔵は、財前は医者としての徳に欠けているから、自分の後任にはふさわしくない、といった趣旨のことを言う。つまり、彼は、医者としての倫理や義務から、財前の昇進に反対している、という体裁をとっている。しかし、彼を真に駆り立てているのは、そんな道徳的な理由ではない。東や、その他の反財前派の大半の教授は、財前に嫉妬しているだけだ。財前の外科医としてのずば抜けた技量、彼に対する学界内外での高評価に、彼らは嫉妬している。もし財前が、東並みに(あるいは東以下の)凡庸な外科医だったら、仮に多少道徳的にいかがわしいところがあったとしても、東たちは、喜んで彼を次期教授に推薦しただろう。このように、東たち反財前派の教授たちの態度は、典型的な第二類型である。

ちなみに、『白い巨塔』の登場人物の中で、読者にとって最も魅力に欠ける人物は、これら東たち浪速大学教授陣だろう。財前には強い反発を覚えても、読者は、気づかぬうちに彼に魅了されている。物語の構成上、財前の反対極に置かれるのは、同級生で善人の里見助教授だ。前章でも述べたように、里見には財前のような迫力はないが、「里見が一番好き」と言う読者もいるだろう。しかし、東教授が好きな読者はまずいない。にもかかわらず、現実の社会で最も多いのは東タイプである。

## もう一つの悪

では、財前はどうなのか。彼もまた、第二類型の悪を表現しているのか。財前は、名門国立大学の医学部教授になって医療の発展に尽くしたいかのように言っているが、ほんとうは自分の名誉欲を満足させたいだけではないか。このように解釈すれば、財前も、東たちと同じタイプの悪に属している、ということになる。浪速大学の医学部教授会を舞台に、二つの「第二類型の悪」が対決している、というわけだ。

だが、そうだとすると、疑問がわく。それならば、どうして、財前には男らしさを感じるのに、東たちには逆に、男らしさの欠如を感じてしまうのか。[2] 財前の悪には、悪の二番目の類型には回収できない側面があるのだ。言い換えれば、カントの三つの類型の中に収まらない、もう一つの悪がある、ということになる。財前の言動は、もう一つの悪、カントの視野には入っていなかった四番目の悪を（も）表現しているのである。この、もう一つの悪とは何か。

実は、この点については、すでに前章の論述の中で示唆してある。確かに、財前は、本来は、私的な利益や幸福のために、教授のポストを狙っていた。だが、その執念は、あまりに徹底し、およそ妥協を許さないものであるため、ついには、利益や幸福に反するところにまで行ってしまっている。とすれば、私的な欲望を満たすために、表向きは偉そうなこと――善なることに見えること――をやっている、とは言えない。彼は、自分の幸福や利益に反してでも追求しなくてはならない絶対の義務であるかのように、教授職を求めているのである。

ここから得られる哲学的な教訓はこうである。あえてカント哲学の術語を用いるならば、定言命法的な義務と化した「悪」というものがあるのだ。すこぶる逆説的なことに、定言命法的な義務は、カントの倫理学では、本来、善の定義そのものである[3]。したがって、カントは見逃しているが、形式の上では善と区別ができない悪がある、ということになる。財前が、このような悪を体現している……とまでは言うまい。財前の悪には、第二類型の範囲で説明できる部分もある。しかし、彼の行動や態度には、そこから逸脱する部分もある。彼の悪は、カントも見ていなかった四番目の類型に接近しており、そこから、東教授たちにはない、男らしさの印象が出てきているのだ。

## 「男」の定義

財前の悪についてのこうした考察は、「男」とは何か、という定義をわれわれに教えてくれる。つまり、人が、誰かを「男らしい」と感じているとき、その「男らしさ」の印象がどこから来ているのかが明らかになる。何ごとかについて「すべて」を求めるに際して、つまり何ごとかについて普遍性を追求するに際して、その「すべて」に対して矛盾するような例外までをも得ようとする逆説性があること、これが「男」の定義である。ここで重要なことは、「すべて」という普遍的な領域は、「すべて」に反する例外によって破壊されるのではなく逆に、その例外に支えられてこそ可能になっている、ということだ。

財前は、大学病院の頂点に立つことで、富と名声を得て、人生の幸福を極めたいと欲している。しかし、述べてきたように、彼のやり方は、常軌を逸しており、なりふり構わず高額の賄賂を配ったり、教授会での一票を得るためにあえて自らを貶めるような態度をとったりと、昇進の頂点に立つことから得られる満足や幸福を毀損するほどだ。しかし、ここまでやったからこそ、彼は、得ようとしていたすべてを――この場合には大学病院の昇進の階段の頂点（医局のトップ）までも――獲得することができたのである。東たちと財前を分けているのは、この逆説的な例外をも妥協することなく得ようとする執念があったかどうか、である。東は、公正で道徳的な医学部教授という自分の社会的な体面を絶対に失わない限りで、狙った「すべて」を――この場合には、自分が就いていた名誉あるポジションを憎き財前には絶対就かせないことを――得ようとしていた。分かりやすく言えば、東は、最後まで格好を付けている。その結果として、東は、「すべて」を得るまでには至らない。財前は、「すべて」に反することまでをも追求したがゆえに、「すべて」を得たが、東は、「すべて」だけを過不足なく得ようとしたために、結局、それを得るには至らなかった、というわけである。

狙った「すべて」を得るために、「すべて」に反する逆説に到達するまでの情熱をもつことができること、ここに人は、「男らしさ」を感じる。『白い巨塔』の登場人物の中で、こうした逆説に到達しているのは、財前だけである。たとえば、里見は、偶発的に出会った佐々木庸平とその家族への同情をもってはいるが、「すべて」への、すべての患者への配慮や意思を欠いている。

善良な佐々木さんのことだけが問題ならば、それもよかろう。しかし、「すべて」を配慮したらどうなるのか。里見には、これがない。

財前のケースは、実はそれほどわかりやすくはない。このような「男」の定義があてはまる典型的な例は、次のような状況である。ある男が、自分の家族を深く愛し、家族の幸福を実現するためには、あらゆることをする覚悟をもっていたとする。その中には、当然、価値ある仕事をもち、家族が豊かな生活を送るための収入を得ること、そして家族に――父や夫が立派なことをしているという――自尊心を与えること、等も含まれる。だが、あるとき、その仕事の上での使命を果たすためには、家族を犠牲にしなくてはならなくなったとする。家族と長く離れて暮らさなくてはならないとか、命を落とすかもしれない危険な任務を遂行しなければならないとか。このとき、もし彼が、家族を犠牲にするくらいならばそんな仕事をしたくないと、たいした懊悩や迷いもなくあっさりと、職務を放棄してしまったとしよう。このとき、われわれは、そしてまた家族自身は、この男はそれほどまでに家族を愛していた、と判断するだろうか。必ずしもそうではあるまい。逆に言えば、この男が、家族に犠牲を強いる使命を遂行したとしても、このことが、彼の家族への愛の小ささの証明とはならない場合もあるのではないか。それどころか、家族への愛が深いがゆえにかえって、家族を犠牲にせざるをえなくなることさえあるのではないか。また家族も、自分たちに犠牲を強いるような大義や使命をもつ父や夫を――そうした大義や使命を難なく放棄してしまうような父や夫よりも――ますます深く尊敬し、誇りに思う、ということもあるだろう。決して、「そんな父（夫）は私（たち）を愛してはいないのだ」などと簡単に感じはしない[4]。

このように、何ごとかをすべて十全に果たそうとすると、逆に、極限に、その「すべて」に反するような例外を見出すことになる。その例外をあえて遂行する情熱や勇気をもつ者に、人は「男らしさ」を感じることになる。

「男」を、このように形式的に定義すると、ただちに次のことに気づくだろう。この条件は、本来は、性的差異とは関係がない、と。つまり、女が、このような条件を満たすことも、論理的にはありうるし、実際にもある。ただ、われわれの文化は――というより人類は――、どういうわけか、長い間、このような条件を、男と結びつけてきたのだ。山崎豊子の小説も、こうした文化の歴史的蓄積の上にある。

## なぜ「男」と「悪」とが結びつくのか

同時に、「男」という条件が、悪と必然的に結びついているわけではない、ということもあらためて確認される。同じ条件を、「善」によって満たすことも論理的には可能だ。だが、財前は、悪によって、「男」の条件を充足させた。どうして、この時期の山崎作品の「男」は、悪を代表しなくてはならなかったのか。このような疑問にわれわれが拘っているのは、山崎の後期の有名な作品を見るならば、あるいはすでに検討してきた初期の作品を読むならば、彼女が特に、悪を描くことに執着しているようには思えないからだ。いや、明らかに逆である。山崎の作家としての全生涯を振り返るなら、彼女は、善や正義を体現する、男らしい男を描きたいという、強い欲求をもっている。が、彼女が最初に生み出した、真に男らしい男は、悪のヒーローだった。もし、山崎が、たとえば探偵小説や犯罪小説を得意とする作家だったならば、このことに何のふしぎもない。しかし、山崎は、間違いなく、男らしい善人や正義漢を描こうとする強い願望がある。にもかかわらず、最初に登場した男は、悪のサイドにいる。どうしてなのか。

前章の最後に示唆したことを、もう一度、繰り返そう。「男」と「悪」との結びつきには、偶然以上の理由が、つまり何らかの構造的な原因があるのではないか。つまり、たまたま「悪」の印象の強い男性を描いてみた、ということではなく、「男」を描こうとすると、何らかの原因が作用して、不可避に「悪」性を帯びてしまうのだ。ただし、その原因は、男らしさの概念や悪の概念のそのものの中にあるわけではない。このことは、本章のここまでの考察が確認してきた。では、原因はどこにあるのか。おそらく、書かれた社会的コンテクストに、である。つまり、この頃の――ということは昭和40年代頃の――時代精神の中に原因があるのだ。

われわれは、初期の山崎作品に関して、次のように論じた。山崎は「男らしい」主人公を描こうとしているのだが、「男らしさ」を強調すると、主人公が実際には女になってしまう、そんな力学が働いていた、と。『花のれん』がその典型であるように、「男」らしい女が主人公になってしまうのだ。だが、今や彼女は、「男」としての男、「男」らしい男を造形することに成功した。が、時代精神の磁場は、この成功に対して代償を支払わせているように見える。今度は、磁場が、倫理の軸に作用して、主人公は悪の極に偏ってしまうのである。

このような仮説的な解釈の裏付けになる事実は、山崎の次の重要な長篇小説でも、同じことが起きている、ということだ。今や、山崎は、「男」を描いている。が、それが可能なのは、その「男」が悪を具現する人物として設定されている限りのことである。善の方を担わされる男が別に登場するのだが、その人物は精彩を書いた常識人になってしまう。この傾向は、『白い巨塔』の次に現れた、重要な長篇小説でもう一度繰り返される。次の作品とは、昭和45（1970）年から昭和47（1972）年にかけて書かれた――そして昭和48（1973）年に単行本になった――『華麗なる一族』である。[5]

この小説の「男」は、もちろん、主人公の万俵大介、阪神銀行頭取である。彼もまた負のヒーロー、悪のヒーローである。この小説の主題は銀行合併だ。万俵財閥は、阪神銀行を中心に、阪神特殊鋼、万俵不動産等からなっており、阪神地方の財界では圧倒的な力をもっていた。万俵大介は、この財閥の十四代目の当主である。彼は、眼下に芦屋、岡本、御影の住宅街を一望する高台にある豪邸で「妻妾同衾」の生活を送るような、私生活の面でも破格の人物である。

大蔵省の銀行再編の方針によって、阪神銀行は、大同銀行と合併しなくてはならなくなる。預金順位では、大同銀行は阪神銀行よりも上である。したがって、常識的には、大同銀行の中に阪神銀行が組み込まれるような形で合併がなされなくてはならない。だが、山崎は、この小説で、現実にはありえないタイプの合併、つまり「小が大を喰う」ような合併を、万俵大介にやらせる。つまり、小さい方の阪神銀行の中に大同銀行を組み入れるような合併のために、万俵大介は、権謀術数の限りを尽くして画策する。この権謀術数の中に、万俵大介の非情さや邪悪さが発揮される。

そのひとつが、万俵財閥傘下の主力企業、阪神特殊鋼への見せ掛け融資である。大同銀行を騙すために、帳簿の操作によって、阪神銀行から阪神特殊鋼への融資がなされているかのように思わせたのである。大同銀行は完全に欺かれ、阪神特殊鋼への融資によって多額の損害を被る。ただし、この詐欺的な手法は、万俵財閥側にも大きな犠牲を強いることになる。阪神特殊鋼の倒産である。だが、この種の画策が功を奏して、最終的に、万俵大介は、本来は不可能なこと、つまり「小が大を喰う」を実現する。つまり、彼は、合併で生まれた新銀行「東洋銀行」の新頭取に就任する。見せ掛け融資は、肉を切らして骨を断つ作戦だったことになる。

この小説では、『白い巨塔』の里見にあたる善人は、万俵大介の長男万俵鉄平である。彼は、マサチューセッツ工科大学に留学したエリートで、今では、阪神特殊鋼の専務である。つまり、財閥の主力企業を実質的に率いる立場にある。大介は、鉄平が、自分の子ではなく、自分の父（鉄平の祖父）の子ではないか、との疑いをもっており、二人の関係は悪い。鉄平は、大介と違い、常識的な正義漢である。だが、里見と同じような印象を読者に与える。つまり、鉄平の反抗など、大介の悪魔的な迫力にはとうてい及ばない。

たとえば、あの見せ掛け融資は、阪神特殊鋼を窮地に追い込む作戦なのだから、鉄平をも騙さなければ、実現できない。つまり、大介は、ライバルである大同銀行より前に、身内の鉄平を裏切っているのだ。鉄平は、この件で、父大介を告訴し、裁判に挑もうとするが、結局、告訴をとりさげられ挫折する。最後に、鉄平は、猟銃で自殺する。特殊鋼の倒産に責任を感じたからである。『白い巨塔』正篇の里見と同様に、鉄平も、「悪」である「男」に負けるのである。

## リアリズムを裏切って

この作品で、山崎豊子は、作家としてのデビュー時の本来の主題に回帰している、とも言える。本来の主題とは、「のれん」つまり、商人のイエである。ただし、もうそのイエは、船場とは関係がない。商人のイエ（のれん）は、想定しうる限りで最大のイエ、つまり銀行を中核におく財閥に置き換えられている。つまり、戦後日本の（当時の）高度成長の中心にあるイエである。「男」に率いられたイエの発展は、処女作以来の山崎作品の主題であろう。

しかし、『華麗なる一族』は、『暖簾』や『花のれん』を、大規模化しているだけではない。ここには、究極のひねりが加えられている。それが、なにがなんでも小が大を喰わねばならぬという、万俵大介の異様な執念、彼が自身に課した命令である。なぜ、そんなストーリーにする必要があったのか。現実には、小さい方の企業が大きい方を飲み込むような合併はありえない。山崎豊子は、綿密な取材をもとにノンフィクション風に小説を創作するタイプで、この作品についても、登場する人物や企業に関して、実在のモデルがあると言われている（たとえば阪神銀行は神戸銀行をモデルにしている、とか）。しかし、小が大を喰うということだけが、リアリズムを裏切っていることになる。どうして、そうする必要があったのか。

そうしなければ、主人公の万俵大介を男にすることができないからだ。大きい方の企業が小さい方を取り込む当たり前の合併には、「男」は登場しない。男らしさが生まれるのは、この章で論じてきたように、何ごとかを得ようとする義務への、妥協なき執着が、本来の欲望や願望の自己否定をもたらすほどにまで徹底されたときである。実際、小が大を喰おうとすれば、今しがた紹介したあらすじからもわかるように、小の側は、ときに自己矛盾的なことをあえて手がけなくてはならなくなる。イエの繁栄を目指しているはずなのに、その傘下の最も大きな企業を平然と倒産させ、長男を自殺するほどにまで追い詰めなくてはならないのだ。[6] 万俵大介は、今回提示した、男（らしさ）の定義を、端的に実現している。私生活のレベルでの（悪としての）男らしさの表現は、もちろん、妻妾同衾の異常で倒錯的なスタイルである。

1　イマヌエル・カント『たんなる理性の限界内の宗教』（カント全集10）北岡武司訳、岩波書店、2000年。
2　福沢諭吉は、『学問のすすめ』（第13編）で、次のような趣旨のことを述べている。どのような欠点や不徳も、働き方や強弱や向かう方向によっては、長所や徳にもなりうる。たとえば固陋は実直としても現れるし、粗野と率直は相対的なものである。しかし、ひとつだけ例外があって、どこからどう見ても不徳・不善にしかならない性質がある。それが、「男の嫉妬（怨望）」だ。福沢は、このように書いている（以上、松浦寿輝氏のご教示に基づく。特記して感謝したい）。東教授たちは、その男の嫉妬に駆り立てられて行動している。なぜ、男の嫉妬だけが、特別なのか。おそらく、それは、「男らしさ」の本性に悖る、と感じられるからだ。つまり「男の嫉妬」は撞着語法である。だが、はっきり言えば、実際には、嫉妬から完全に自由な男もいない。
3　定言命法とは、絶対的に無条件に、つまり普遍的に妥当する道徳法則である。定言命法の反対語は仮言命法で、それは、「Aのときには Bをせよ」という条件付きで成り立つ道徳法則だ。この「Aのときには」という限定がないのが、定言命法である。
4　逆に、男が、家族を犠牲にするような過酷な任務は嫌だ、とあっさりと仕事を放棄したときには、家族の観点からも、その夫や父はスケールが小さくつまらない男に見え、さらに男の自分たちへの愛も底が浅いものに感じられてしまう。こんなこともあるだろう。

5 『白い巨塔』と『華麗なる一族』の間には、ほんとうは、もうひとつ長篇小説がある。『仮装集団』である。これは、『白い巨塔』の正篇を完結させ、(社会的圧力に応じて)続篇を書くまでの間に書かれている。すなわち、この作品は、昭和40年から41年にかけて週刊誌で連載され、42年に、文藝春秋から単行本として出版された。『仮装集団』は、音楽界の背後にある左翼的な政治活動を扱ったもので、後の『沈まぬ太陽』などにつながる種子があるという意味で興味深いが、社会的成功という点では、彼女の全作品の中で最も小さい。『仮装集団』は、山崎豊子にとって――未完の遺作を別にすると――(映画としてもテレビドラマとしても)映像化されなかった唯一の長篇小説なのだ。前章の注2で言及した『花紋』でさえも一度はドラマ化されている(私は未見だが)。『花紋』を扱わなかったのと同じ理由で、『仮装集団』は、ここでは考察の対象に含めない。

6 大介が鉄平の出自に疑いをもっているという設定は、大介の冷酷さを薄めるための工夫である。そうした設定がなければ、大介の仕打ちはあまりにも悪魔的で、読者には耐え難い。物語では、鉄平の自殺の後、血液型から鉄平はやはり大介の実子であったことが判明し、大介がショックを受けることになっている。こうした感傷的な展開で、大介の悪は矮小化される。

# 第七章　悪い「男」と罪のない「女」

## 00年代の『白い巨塔』『華麗なる一族』

山崎豊子は、1960年代中盤から70年代前半にかけての時期に――つまり昭和30年代末期から40年代の終わりにかけてのおよそ十年間に――書いた二つの長篇小説で、ついに男らしい男を導入することに成功した。「男」とは、『白い巨塔』の財前五郎と『華麗なる一族』の万俵大介である。二作品とも人気があり、映画化もされた。そして、前者は、韓国版も含めて五回、後者は、二回、テレビドラマにもなった。

特に注目すべきは、二作品とも、21世紀になってからも連続テレビドラマとして放送され、高い視聴率を獲得したという意味で、大きな成功を収めたことだ。『白い巨塔』は、2003年にフジテレビ系列で、続篇を含めたかたちで、二十一回の連続ドラマとして放送され、平均視聴率(関東)は25%近かった。財前を演じたのは、唐沢寿明である。時代設定は、原作の1960年代から「現在」に(2003年に)変えられている。『華麗なる一族』は、2007年にTBS系列で、十回の連続ドラマとして放送された。関西での平均視聴率は30%を超えた[1]。万俵大介は、北大路欣也が演じた。こちらの時代設定は、原作と同じ1960年代であった。

この21世紀版の『白い巨塔』と『華麗なる一族』を、原作と比べたとき、両方とも、ひとつの点で、まったく共通した、原作からの変更が加えられている。繰り返し述べてきたように、どちらの作品も「男」は悪を代表している。どちらの作品でも、その悪の男に対しては、ライバル関係に立つ、善を代表する男がいる。が、原作では、この善の男の影は、主人公の悪の男に比べてまことにうすい。彼らは、とうてい男らしいとは言えず、どちらかと言えば「女性」的である。だが、21世紀のテレビドラマ版の『白い巨塔』と『華麗なる一族』では、善を代表する男の存在感がずっと大きくされ、悪の側の男と均衡するように変更されているのだ。

このことは、キャスティングを見ただけでも明らかだ。2003年の『白い巨塔』の里見脩二役は、江口洋介である。これ以前の映像作品では、この人物は、田村高廣、山本學、平田満といった、渋い脇役タイプの俳優によって演じられてきた。江口洋介のような、派手な俳優が演じる役ではない。山本學は、2003年のドラマに関して、「役者の感情表現や演出が大袈裟すぎる」という批判的な感想を述べているとのことだが、彼が主に念頭においていたのは、自分自身も演じた里見脩二だったに違いない。善の男の存在感を高めたという点では、『華麗なる一族』の方がより徹底している。2007年のテレビドラマで、万俵大介の息子鉄平を演じたのは、木村拓哉である。俳優起用が示しているように、このテレビドラマ版は、主人公を変えてしまっている。2007年の『華麗なる一族』の主人公は、万俵大介ではなく万俵鉄平であり、主演は、北大路欣也ではなく木村拓哉である。

こうした変更は、21世紀の脚本家や演出家には、悪を象徴する「男」（だけ）を中心に作品を構成することが難しいと感じられていたこと、21世紀の視聴者は、善のヒーローが活躍するもっと標準的な展開を望んでいる（と制作者は予想していた）ことを意味しているだろう。それでは、どうして、山崎豊子は、善の側に立つ人物の存在感をもっと大きくしなかったのだろうか。なぜ、彼女は、悪を代表する男を圧倒的な中心にすえたのか。

本書のここまでの考察の中で暗示してきた仮説は、これは、時代精神の無意識の影響の結果ではないか、というものである。日本の戦後のこの時期、何らかの理由によって、前章で定義したような「男」を、善を体現する人物によって表現することは困難――というより不可能――だったのだ。そもそも、戦後一貫して、この国では男らしい男を造形することが難しかった（それには後でわかる理由がある）。それでも、山崎がまさにそうしたように、あえて「男」を描けば、その男は、悪の方へと――カントの悪の範疇をはみ出しているような過剰な悪の方へと――大きく旋回してしまう。このことを、山崎や、他の作家たちが意識しているわけではない。だが、そうなってしまうのだ。

これが仮説である。この章は、山崎作品を少し離れ、つまり同時代の別の作家の文学作品を素材にして、この仮説を補強しておこう。

## もう一つのベストセラー小説

三浦綾子の『氷点』は、いくつもの理由から、このような考察の対象にふさわしい。この作品は、昭和39（1964）年12月から翌年11月まで、つまり『白い巨塔』の週刊誌連載とほぼ重なるかたちで、新聞に連載された。連載中から反響が大きく、単行本が大ベストセラーになった点でも、『白い巨塔』と共通している。作者の三浦は、山崎豊子と同世代に属している――厳密には二つ年上の大正11（1922）年生まれだ。昭和38（1963）年に、朝日新聞は、自社の記念事業の一環として懸賞小説を募集した。このときの入選作が『氷点』である。この時点で三浦はすでに四十歳を超えていたが、まったく無名であった。『氷点』は、だから三浦の事実上のデビュー作であり、かつ代表作でもある。このときの賞金が、一千万円と破格に高かったこともあり、作品は公表前から話題になっていた。

『白い巨塔』は、連載中に社会的事件となり、財前を応援する側、患者を応援する側の両方から筋に介入するような要求が――ときに個人的に、ときに雑誌の記事等を通じて――出されたと述べたが、『氷点』の場合も似たようなことが起きる。新聞連載の終盤に入ると、重要な登場人物の運命について注文や希望を訴える電報が新聞社に届いたらしい[2]。

『氷点』は、映画にもなり、また今日に至るまで繰り返しテレビドラマ化されたという点でも[3]、山崎作品と対比するにふさわしい。ちなみに、映画の『氷点』の監督は山本薩夫で、彼は田宮二郎主演の映画『白い巨塔』の監督でもある。山本は、『氷点』を撮り、ほとんど間をおかずに『白い巨塔』を撮ったに違いない（公開は同じ昭和41年[4]）。さらに、登場人物の「その後」を知りたいという強い読者の要望に屈するようなかたちで、続篇が書かれた点でも、『氷点』と『白い巨塔』は似ている。『続氷点』が出たのは、昭和46（1971）年なので、『続白い巨塔』より二年遅く、『華麗なる一族』の執筆時期と重なっている。

このように、『氷点』は、昭和40年代の山崎豊子の作品と並べるに適したいくつもの条件を備えている。特にここで注目したいのは、『氷点』の内容である。その主題が、まさに人間の善／悪なのだ。いやもっとはっきり言えば、『氷点』に作者がこめた主題は、人間の普遍的な罪、原罪である。主題設定から直ちにわかるように、この作品はキリスト教の観点から書かれている。登場人物たちは必ずしもクリスチャンではないが、作者はキリスト教の立場で書いている。

『氷点』の筋は次の通りである。主人公の辻口啓造は医者である。ここでまた、われわれは『白い巨塔』との共通点を見るわけだ。ただし、辻口は、権威ある大学病院に属しているわけではなく、旭川の病院の院長である。物語は、戦争が終わってから一年弱の頃、つまり昭和21（1946）年7月から始まる。辻口の妻夏枝は美しく、夫妻の間には、幼い二人の子がいる。五歳の徹と三歳のルリ子だ。この日、病院の若くハンサムな医師村井靖夫が、啓造が旅行中で不在の辻口家を訪ねてきた。彼は、夏枝に好意をもっているのだ。夏枝も、自分が若い男の恋の対象になっていることに心地よさを覚えている。二人が中途半端な恋の駆け引きをしている間に、悲劇が起きる。母親から家の外で遊ぶように言われたルリ子が、佐石《さいし》土雄という日雇人夫に誘拐され、殺害されてしまったのだ（佐石は留置所で自殺する）。

辻口夫妻は悲嘆にくれた。と同時に、啓造は、夏枝と村井の関係を疑うようになる。ルリ子の死からまもない頃、夏枝が突然、ルリ子の代わりになる女の子を強く、執拗にねだるようになった。そこで、啓造は、医大生時代からの親友で、札幌の病院で産婦人科医として勤める高木の世話で、孤児となった幼い女の子を引き取ることにする。この子は、実は、ルリ子を殺した犯人佐石の子である。啓造は、このことを夏枝には秘密にした。村井に心を寄せた妻への復讐のためである。後年手塩にかけて育てた子が自分の子を殺した犯人の娘であったと知ったら、妻は一生を無駄にしたと悔やむに違いない、と。女の子は陽子と名付けられ、辻口家の娘として育てられた。夏枝は陽子を溺愛した。

しかし、陽子が小学一年生のとき、夏枝は、啓造の書斎で、彼の出されなかった手紙を読み、陽子が佐石の子だったことを知ってしまう。夏枝は、陽子が憎くなり、以降、さまざまな仕方で陽子を虐める（給食費を渡さない、卒業式で陽子が読むことになっていた答辞の奉書紙を白紙と取り替える等）。陽子の方も、周囲の噂から、自分が辻口夫妻の実子ではないことに気づくが、明るい子に育っていく。

その後、辻口夫妻の実子である徹も事実を知り、妹の陽子に恋愛感情を抱くようになるとか、徹の大学の親友北原と高校生の陽子とが好意をよせあい文通するようになるとか、といったエピソードが入り、結末へと向かう。女としての魅力が増し、好青年（北原）に愛されている陽子に嫉妬した夏枝が、ついに、陽子に真実を暴露してしまうのだ。あなたは殺人犯の子だ、と。その翌朝、陽子は自殺を図る。自殺騒動のさなか、高木が、ほんとうのことを告げる。高木は啓造に嘘をついており、陽子は佐石の子ではなかったのだ。

『氷点』は、結局、陽子の生死をはっきりさせないまま終わる。陽子を殺さないで欲しいという読者の圧倒的な要望から、一命をとりとめた陽子のその後の人生を描いたのが『続氷点』である。

## 書かれなかった小説的野心

さて、『白い巨塔』と同時期のこのベストセラー小説から、われわれは、ここでの考察に関係するどのような含意を引き出すことができるだろうか。『氷点』には、男らしい男は一人も登場しない。とりわけ、辻口啓造は、われわれが「男らしさ」を理想化したときに思い浮かべるイメージの、対極にあるような優柔不断な人物である。辻口啓造と財前五郎とどちらが魅力的かと問われれば、答えははっきりしている。

『氷点』の登場人物たちは、凡庸な悪にコミットしている。それらは、カントの第一類型の悪か第二類型の悪にあたる。彼らは、誰もが感じるような平凡な悪意をもち、物語冒頭の誘拐殺人を別にすれば、誰もが身に覚えがありそうな細々とした罪を犯す。不貞の妻に憎しみを感じ、その相手の男に嫉妬するとか、自分たちに甚大な被害をもたらした犯罪者の子が憎たらしく、その子に、あの手この手で意地悪をするとか、きれいな妹にひそかな情欲を覚え、その恋人に嫉妬するとか、である。要するに、誰もが罪から自由ではない、ということになる。

が、原罪ということがテーマであるとすれば、この小説の中で最もイノセントに見える人物、その人物にもまた罪がある、ということを納得させなくてはならない。その人物とは、もちろん陽子である。確かに、陽子は周囲の人々の苦しみの源泉になっている。陽子のおぞましい出自のゆえに、である。陽子は、最後に自分の存在そのものの罪を自覚し、自殺しようとする。だが、これによって、読者は、原罪とその贖いということに納得するだろうか。多分、納得しないだろう。

平均的な感想は、むしろ逆であろう。陽子だけは悪くない。どのような角度から見ても、陽子だけは（最初から最後まで）罪から解放されている。実際、この小説自身が、オチの部分で、物語全体を駆動させていた陽子の存在そのものにおける汚点を、ただの「冤罪（虚偽）」として払拭してしまうので、陽子のイノセンスが際立つことになる。[5]小説の結末部で、昏睡状態の陽子を前にして、啓造と高木と北原は、こんな話をする。陽子は、結局、自分が誰の子だと知っても自殺したのではないか。彼女は、誰の子として生まれたとしても罪について同じ考え方をするだろうから。つまり、「殺人犯の子であるがゆえに、私の存在は罪である」という命題が、突然、一般化され、この命題の「殺人犯」の部分が「任意の人」に置き換えられるのだ。しかし、この小説だけから、こうした一般化に納得することは難しい。最初から、キリスト教的な原罪の観念を受け入れていれば別だが。[6]

結局のところ、『氷点』の標準的な読まれ方は、「陽子＝シンデレラ」ということではないだろうか。読者は、何も知らずに過酷な境遇におかれ、継母に虐められる陽子に同情したのだ。

＊

だから、この小説に明示的に書かれたことをていねいに読んでも、たいした教訓は得られない。むしろ、われわれは書かれなかったこと、この小説が書こうとして書けなかったこと、この小説の満たされなかった野心に注目すべきである。それは何か。そんなものはあるのか。

この小説の本体のほとんどが、凡庸でどこにでもある人間関係や家族関係の葛藤と悩みである。がその中にあって唯一、驚くべき設定は、自分の子を殺した犯人の子を、まさに我が子として育てる、という試みだ。この試みを、浮気をした妻への復讐のための手段にしてしまえば、凡庸な悪の中に回収されてしまう。それは、典型的なカントの「第二類型の悪」――つまり倫理的な行為であるかのように装いながら、私的な欲望を満たすこと――にあたる。

しかし、もし、これをそれ自体として、他のいかなる下心もなしに追求していたらどうだっただろうか。自分の子が殺され、その犯人も死んだ。そして、犯人の子が孤児として残された。その子を引き取り、自分の子として愛し、育てていたらどうだろうか。妻にこのことを打ち明け、二人で犯人の子を愛そう、と提案し、それをやり遂げたらどうだっただろうか。これこそ、究極の倫理的な行為であり、最高善の実践だったのではあるまいか。

なぜ、実際の筋とは異なるこんな仮定について書いているのかと言えば、この小説には、辻口夫妻に「これ」をやらせたかったという密かな、ほとんど無意識と言ってもよい願望が潜在していることがわかるからである。言い換えれば、辻口啓造は、「これ」をなしえたら、それだけの強さが自分にあったならば、という欲望を、そうとは自覚することなくもっている。どこから、そんなことがわかるのか。小説の中で、繰り返し、キリストのひとつの言葉が引用されていることから、である。「汝の敵を愛すべし」という言葉だ。

もし犯人の子を育てたならば、この命令を実践したことになるだろう。究極の隣人愛を意味するこの命令を、啓造は人生の指針としている。しかし、彼自身、こんな高尚な動機で佐石の娘を引き取ったわけではないことを自覚している。これを表向きの口実にして、夏枝への復讐を果たそうとしているだけだ。このことを反省する場面で、何度もこのキリストの命令が引用される。

たとえば、夏枝に盗み読まれてしまった、高木への（出されなかった）手紙にはこうある。

ついでに白状することがある。わたしは、「汝の敵を愛せよ」をかくれみのにした、みにくい男なのだ。君ばかりか自分自身をもダマしながら、実は夏枝をゆるすことができなかったのだ。陽子を引きとったのは、夏枝に、佐石の子を育てさせたいという残忍な思いがあったことを、わたしは白状してしまいたいのだ。

このように、啓造にとって、「汝の敵を愛せよ」は真の動機を隠す偽装の「お題目」に過ぎない。だが、そんなことならば、つまりこれが真実を隠すだけのものならば、どうして彼は、この言葉にこだわり、頻繁に口にするのか。辻口に、この命令を実現したいという欲望があるからではないか。いや、むしろこう言うべきであろう。作者（三浦綾子）の中に、主人公に、自分の最愛の娘を殺した最も憎き者の子をまさにその殺された子と同じ深さで愛そうとする、とてつもない企てに挑戦させたい、という願望があったのだ、と。

### 時代のリアリティ

どうして、教会にも行かず、クリスチャンでもない辻口啓造が新約聖書のこの命令にこだわっているのか。小説の冒頭に近い箇所、まだルリ子の殺害が発覚する前に、次のように説明される。

啓造は「汝の敵を愛すべし」という言葉を思い出していた。学生時代だった。夏枝の父である津川教授がいったことがあった。

「君達はドイツ語がむずかしいとか、診断がどうだとかいいますがね。わたしは、何がむずかしいといって、キリストの〝汝の敵を愛すべし〟ということほど、むずかしいものは、この世にないと思いますね。大ていのことは努力すればできますよ。しかし自分の敵を愛することは、努力だけじゃできないんですね。努力だけでは……」

夏枝の父は内科の神様のようにいわれた学者で、その人格も極めて円満な人であったから、ひどく悲しげな面持で語ったその言葉は啓造に強い印象を与えた。

津川教授は、辻口と高木の恩師である。[7]「内科の神様」と呼ばれたこの教授は、「外科の神様」である財前五郎にちょうど対応する人物であろう。辻口啓造は、この人物に感化されたのだ。ここで、こんなふうに想像してみたらどうだろうか。もし、啓造が、(妻と一緒に)キリストのこの破格の命令の文字通りの実現として、佐石の子を育てていたとしたら、どうだっただろうか。このとき、啓造は、そして彼をそのように導いた津川教授は、まさに善の側を代表する「男」として造形されていただろう。財前が、悪を体現する「男」ならば、啓造は――津川教授と並んで――善を体現する「男」になっていただろう。しかし、そうはならなかった。となれば、啓造が尊敬する津川教授も、医者には、技術や知識よりも人徳が重要だといった趣旨のことを常々口にしていながら、ただ有能な財前への嫉妬に悶え苦しんでいるだけの東教授とあまり変わらない水準にまで引き下げられてしまう。

結局、啓造も津川教授も「男」としては描かれなかった。どうしてか。そんな人物には、リアリティがないからだ。そんな人物を造形しようとしても、ほんとうらしさは出てこない。殺された自分の子の代わりに、あえて敵の子を引き取って育てる人物に、「そういうこともありそうだ」という真実の断片を与えることができなかったからである。山崎豊子の側には、悪を体現する「男」がいた。三浦綾子の側には、善を体現する「男」がいた……とはならなかった。ここには「男」そのものがいない。代わりに、三浦の方にあるのは、罪のない（悪くない）「女」、純粋に犠牲者であるような「女」である。

確認すれば、こうした結果から提起しておきたい仮説は次のことだ。日本の戦後のこの時期、つまり昭和40年代――１９７０年代前半までの時期――に、「男」を造形すれば、それはどうしても悪の側で実体化するしかなかったのだ。それは、善や正義において「男」を表現することが不可能な時代だった。

## 善の「男」の登場

しかし、山崎豊子は、１９７０年代の中盤に書いた長篇小説で、つまり『華麗なる一族』の次の小説『不毛地帯』で、ついに善を代表するような「男」を造形する。彼の名は壹岐正だ。『不毛地帯』は、１９７３（昭和48）年から78年にかけて週刊誌で連載された。前半の単行本は、連載完結前の１９７６年に、そして後半の単行本は、１９７８年に出版された。

壹岐正は、関西の大きな商社、近畿商事に勤める、商社マンである。山崎のこれまでの作品の流れの中に置けば、『華麗なる一族』の万俵大介を、「善」へと変換すれば、壹岐正になる、と言ってよいだろう。『華麗なる一族』で、船場の商家が、日本を代表する大資本に置き換えられた。が、その代償は、主人公の「男」が悪に傾くことだった。『不毛地帯』で、彼女は、日本経済の中心にある大資本という条件を保ったまま、今度は、「男」を善の側に取り戻したのである。

壹岐は、近畿商事で、次々と大きなプロジェクトにかかわり、それらに成功し、勝利する（ときには小さな敗北を挟みながら）。近畿商事の拡大と発展のために。そしてそれ以上に、日本の国益を思って。壹岐は、その能力と実績のゆえに、短期間で昇進し、周囲から嫉妬される。しかし、彼は、財前のように、自分の出世だけを自己目的としているわけではない。壹岐は、近畿商事を拡大させるが、それは、万俵大介のように、己の私的野心を満たすためではない。壹岐正は、山崎の作品に初めて登場した、真に善へと方向づけられた「男」である。

だが、どうして、これが可能だったのか。われわれは、70年代の前半まで、善において「男」を実現することを阻む構造的な障害があったのではないか、と述べてきた。70年代の後半へと差し掛かるこの時期に、なぜ、山崎は、善の「男」を造形することに成功しえたのだろうか。これが、われわれの次の疑問である。

この点に関して、『氷点』がもう一度、小さなヒントを与えてくれる。『氷点』は、戦争終結後一年も満たない時期から物語を始めているが、戦争や敗戦の痕跡をほとんど留めてはいない。この点で、『白い巨塔』や『華麗なる一族』も同じだ。辻口家は病院を所有する裕福な家族なので、

『砂の器』や『飢餓海峡』の主人公たちと違い、戦争直後でも貧困に苦しんだりしていない。が、ていねいに読めば、所々に戦争の小さな痕が現れる。先に引用した津川教授のことを回想する場面、津川教授の「汝の敵を愛すべし」という教えを思い出すシーンもその一つである。この回想は、啓造が五歳の息子徹と会話している中に入っている。なぜ啓造が津川教授のこの言葉を思い出したかというと、その日、映画を見てきた徹が、啓造にこう言ったからである。「あのね、おとうさん、ぼくアメリカの兵隊さんになろうかな」と。「どうして？」と啓造が問うと徹は答える。

「うん、アメリカの兵隊さんね、とっても勇ましいの。機関銃をダダダ……と射つとね、敵がバタバタ死ぬんだよ」

ここから、「汝の敵」への愛という主題が出てくる。

---

1　関東の平均視聴率も25％に近かった。また最終回の関西での視聴率は、ほとんど40％と非常に高かった。
2　三浦綾子『「氷点」を旅する』北海道新聞社、２００４年、１６４頁。
3　21世紀になってからも、二回（２００１年、２００６年）、テレビドラマになっている（どちらもテレビ朝日系列）。

4　船越英二等、出演者も一部重なっている。
5　結局、高木の告白から、陽子は、戦中に、辻口啓造と高木の学友だった男が人妻——彼女の夫は出征中だった——との間につくった子であったことが判明する。陽子は不倫の関係から生まれたのだから、これも罪深いと言えばそう言えなくはないが、殺人犯の子ということに比べれば圧倒的にたいしたことはない。それでも、『続氷点』で陽子は、このことにこだわり悩む。だが、この程度のことであったら、われわれは彼女にこう言ってあげることができる。「君の両親が不倫の関係だったなんてこと気にすることはないよ。君が悪いわけじゃないのだから。君は君だよ」。しかし、もし陽子がほんとうに佐石の子だったとしたら、仮に陽子に非がないとしても、われわれはこんなに気楽に陽子を元気づけることはできまい。「君の実のお父さんが、君の両親の子を殺したなんてこと、気にすることないよ」とアドバイスしたら、あまりにも鈍感だ。
6　前注にあるように、「殺人犯」と「任意の人」の間に、「不倫の男女」が入る。いずれにせよ、このような一般化は、信仰抜きには納得しがたい。ところで、この場面で、このことを最初に言うのは、高木である。これは、しかし、とんでもない言い逃れととられても仕方がない。高木は、友人が不倫してつくってしまった子を別の友人に育てさせるために、嘘をついた。その嘘は、周囲の人々を十数年の間苦しめ、最後には、その子の自殺の原因になった。このとき、高木はこの子は、結局、生まれたこと自体を罪だと感じるような子だから、どうせ自殺することになったんだよと言っているのだ。啓造が、それもそうだな、と思って、怒らないのがふしぎである。
7　辻口啓造と高木は、津川教授の娘夏枝をめぐって、三角関係にあった。結局、教授によって、夏枝の夫に選ばれたのが、辻口だった。高木は、圧倒的に「いい人」なので、このことに関して、誰も（つまり辻口も、教授も、夏枝も）恨んではいない。

# 第八章　不毛地帯の上で

## 商社マンとして

壹岐正は、近畿商事の商社マンとして、いくつもの仕事の中心に立って、それらを指揮した。すべて、一私企業の利益を超えて、日本の国益を左右する壮大な仕事ばかりである。単行本四冊にもなった（現在最も普及している文庫本では五冊、２００4年に出版された全集では四冊）大長篇小説『不毛地帯』で壹岐がかかわった主な仕事を列挙すると次のようになる。まず、航空自衛隊の次期戦闘機の選定をめぐる競争（昭和34年）。次いで、第三次中東戦争への備えとしての船舶の手配（昭和42年）。さらに日米の自動車会社――千代田自動車と世界最大の自動車会社であるフォーク自動車――の提携のための画策（昭和42年―45年）。最後に、イランでの石油採掘事業（昭和45年―49年）。

戦闘機選定の争いにおいては、壹岐たち近畿商事は、ラッキード社のF１０4を推し、グラント社のスーパー・ドラゴンF11の導入を図る東京商事と激しく争う。東京商事側で近畿商事における壹岐に対応する役割を担い、工作の中心にいたのが、鮫島辰三である。鮫島は、小説の全体を通じて、壹岐のライバルとして登場する。この選定の争いは、激しいつばぜり合いになり、一時は、情勢は大きくグラント社―東京商事の勝利に傾き、次期戦闘機はスーパー・ドラゴンＦ11とほぼ決定した。が、壹岐は、政界工作、ライバル社の極秘文書の入手、大蔵省への工作等々の複雑なかけひきを使って、「スーパー・ドラゴンＦ11内定」を白紙還元にし、さらに、「ラッキード社Ｆ１０４確定」へと持っていくことに成功した。九回裏ツーアウトまで負けていた野球の試合を、逆転したようなものである。

船舶手配の案件は、中東戦争の見通しをめぐる争いである。中東戦争は勃発するのか、勃発したとして、それは長引くのか。壹岐は、中東事情に精通した人物への接触に成功し、戦争が短期間でイスラエルの勝利に終わることを（正しく）予想し、東京商事をはじめとする他社を出し抜いて、近畿商事に利益をもたらす。

壹岐は、技術力がありながら販売力の不足のために苦戦している千代田自動車に深く同情する。彼は、アメリカのフォーク自動車との資本提携によって、千代田自動車を苦境から救うことを提案し、これを実現しようと画策した。が、社内に脚を引っ張る者がいて、彼の案は潰されてしまう。社内の敵とは、里井達也副社長である。近畿商事側がもたついている間に、結局、フォーク自動車は近畿商事―千代田自動車を裏切り、東京商事の鮫島の仲介で、別の日本の自動車会社（東和自動車）と提携してしまう。これは、近畿商事の社員としての壹岐の唯一の敗北である。ただし、この話には、敗者復活的な後日談がある。結局、小説の結末部で、壹岐を深く慕う部下たちが、千代田自動車と別のアメリカの自動車会社（ユナイテッド・モーターズ）との資本提携を実現し、千代田自動車の救済という本来の目的は果たされたのだ。

商社マンとしての壹岐正の最後の大仕事は、石油採掘事業への参入である。壹岐は、腹心の部下、兵頭信一良《しんいちろう》を通じて、イランの有望な鉱区、サルベスタン鉱区の石油採掘権が、売りに出されるという情報を得る。彼は、日本石油開発公社からの資金援助を得て、入札に参加しようと計画した。が、遅れて情報をつかみ、この事業に参入してきた鮫島の妨害にあい、近畿商事の出資分（したがって利益の配分）は、不当に小さくされてしまう。そこで、壹岐が率いる近畿商事は、日本石油開発公社に統括された日本の商社グループから離れ、アメリカの独立系石油資本オリオン・オイルと手を組むことにする。近畿商事―オリオン・オイルは、日本石油公社グループや他国の企業に勝利し、採掘権を落札した。が、予期に反して、簡単には石油は出ず、近畿商事―オリオン・オイルは苦戦し、石油事業から撤退せざるをえないかもしれない、というところまで追い込まれる。しかし、五度目の試掘によって、ついに石油を掘り当てた。壹岐は、この大勝負にも勝った。

壹岐正はまさに男である。壹岐という男は、誰もが、もし自分が企業に勤める身であったならばこんなふうでありたいものだ、という理想を体現している。ここに紹介したような業績によって、壹岐は、社内ですさまじい勢いで昇進する。最初に雇われたときは嘱託に過ぎなかった。しかし、業務本部長に就任し、常務になり、アメリカ近畿商事の社長を経て、再び日本にもどって専務になり、そして最後に副社長の地位に就く。簡単なあらすじの紹介からもすぐにわかっただろうが、彼には、会社の内と外に敵がいる。外の敵は、もちろん、東京商事の鮫島である。内の敵は、最初は常務として登場し、後に副社長になる里井である。彼は、戦闘機選定の争いのときには、壹岐を戦力として欲したのに、その後、異常な速さで昇進する壹岐に激しく嫉妬して、ことあるごとに壹岐の仕事を妨害しようとする。最後は、里井は壹岐との争いに敗れ、系列の別会社の社長として近畿商事を出て行った。里井は、『白い巨塔』の東教授に対応する人物、己の醜悪な嫉妬心を隠さない東教授のようなものだ。社内で壹岐を終始応援するのが、もともと船場の小さな繊維問屋に過ぎなかった近畿商事を大商社にした社長の大門一三である。

読者は、主人公の壹岐のサイドから物語を追うので、最初から壹岐を応援してはいるのだが、読者が壹岐に共感する理由はそれだけではない。壹岐の目指すところは、近畿商事の利益にかなうだけではなく、日本にとってもよいことであるということが繰り返し強調されて描かれている。これが、読者が壹岐に惹かれる理由である。つまり、壹岐の目的には、私的利益をこえた公的大義があるのだ。ラッキードF104は実際に性能が優れ、日本の防衛に必要な戦闘機である。千代田自動車のエンジニアは一流であり、この会社を保護することは国益にもかなっている。そして、油田をもつことは、日本の経済と安全にとって死活的に重要なことだ。それに比べて、他人がセッティングした石油採掘事業に便乗し、利益を横取りしようとした東京商事は実にずるい。

だから、壹岐の行動は、公共的な善かあるいは正義に向かっている。もっとも、このことは、目的実現のために壹岐がとった手段のすべてが合法的で、公正だ、ということを意味するものではない。「きれいごと」だけで大事を成し遂げることはできない。作品は、この点でリアリズムにしたがっている。壹岐は、ときに、与党の有力政治家に賄賂を渡して、影響力や権力を行使してもらい、状況を有利な方向に変えたりする。あるいは、防衛庁の機密文書を不正な方法で入手し、そのことは、壹岐の味方でもあった親友を自殺に追いこむ原因にもなった。彼は、部下の兵頭を通じて、イラン国王の秘密の側近に近づき、入札情報を事前に入手したりもしている。怪しげな国際ロビイストや右翼の大物に接近することも厭わない。西洋に「オムレツを作るためには卵を割らなければならない」ということわざがある。よきことを実現するためには、汚れ仕事が必要だという喩えである。壹岐は、卵を割る作業から逃げない男である。

## 何が彼を善の「男」にしたのか

『不毛地帯』は、山崎豊子の二度目の画期となった作品である。最初の画期は『白い巨塔』であった。この作品で、初めて「男」が造形されるのだが、その男は悪へと指向している。『不毛地帯』では、ついに、善へと方向づけられた男が登場する。

だが、前回までの考察の中で、私は次のように論じてきた。造形された男が、「悪」という性質を帯びてしまうことには、構造的な原因がある、と。それは、当時の日本の時代精神に由来するものである、と。ならば、どうして、『不毛地帯』において突然、描かれた「男」の本性が、悪から善へと反転しえたのか。何が壹岐正を「男」にしたのか。

壹岐が「男」になりえたのは、彼がサラリーマンとしていくつかの業績をあげ、出世の階段を駆け上ったからではない。彼は、昇進の程度によって測られるサラリーマンとしての成功には無関心である。「男」を定義する条件は、「例外」へと突き抜けることを辞さぬかたちで徹底して普遍性へと執着することであった（第六章）。壹岐にとっての普遍性は、私企業の利益を超える国益という形式をとっている。問題は、どうして壹岐は、そのような態度をとることができたのか、である。壹岐のライバルには、こうした態度はない。たとえば東京商事の鮫島には、自分たちの企業の私的利益をこえた普遍的大義への指向がまったくない。里井はもっとひどく、自分の出世にしか関心がない。どうして壹岐だけがちがうのか。

それは、近畿商事に入社するまでの壹岐の背景に、つまり壹岐正はどこから来たのかに関係している。壹岐は、敗戦後十一年間もシベリアで抑留生活を送り、その地で強制労働に従事させられていた元軍人だったのだ。小説の序盤には、シベリアでの過酷な抑留生活のことが、かなり丁寧に描かれている。『不毛地帯』は、戦争とその敗北が明示的で中心的な意義をもつものとして描かれた、最初の山崎作品である。それ以前の作品でも、戦争のことが言及されたり、背景的な出来事として語られることはあったが、戦争は主人公の性格を規定するような本質的な出来事ではなかった。

壹岐は戦争のとき陸軍中佐であり、大本営参謀だった。終戦のとき、関東軍は、終戦の詔勅があったとしても、参謀総長の命令が出ていない以上は武装解除に応ずる必要はないという態度をとったため、壹岐は、関東軍説得の使命を帯びて満州に渡った。任務遂行後、日本の本土に戻ってよかったはずだが、壹岐は、ソ連軍が侵攻してくる中、あえて当地にとどまった。こうして、壹岐はソ連軍に拘置され、他の日本軍人とともにシベリアに抑留されることとなったのである。

シベリア抑留を通じて壹岐が体験したことの本質、その中核は何か。それは、一言で言えば、まさに「私たちは負けた」ということに他なるまい。自分たちは戦争を遂行し、そして負けた。

壹岐は、そのことが何を意味するかを、深く自覚せざるをえなかったはずだ。壹岐が、ソ連軍の俘虜となり、薯掘りをさせられていることに、堪え難さを感じたとき、報道参謀だった谷川大佐が、壹岐にこういう。

「……貴様の本来の任務は、聖旨伝達後、大本営に復命することだったのだから、武装解除され、無力になった関東軍、国家主権の及ばぬ中での将兵がどんな惨めなものか、そしてそれらの人々の運命がどうなって行くのか、それを日本国民に報告するのが、新たな貴様の任務ではないのか」

つまり、負けるということがどういうことなのか、自覚し、伝えなくてはならない、これこそが壹岐の任務だというのだ。負けたことの意味、その屈辱をことさら深く実感せざるをえなかった出来事は、極東国際軍事裁判で、ソ連側証人として法廷に立ち、証言せざるをえなかったことである。敗北を認めた俘虜として、出廷を命じられれば、それを受け入れないわけにはいかない。壹岐は、秋津中将、竹村少将とともに、東京に送られた。彼らはソ連側の証人なので、事実を証言すれば、それだけで、彼ら自身の意図とは無関係に、裁判に、日本人にとって不利な材料を提供することになる。彼らは、祖国を裏切るような証言をせざるをえなかったのだ。実際には、三人のうち秋津中将は、法廷に立つ前に自害した。

だが、壹岐は自害しなかった。谷川大佐は、入ソ当時生き延びたことを恥じる壹岐に、「どんなることが、使命なのだ」と説いた。何の証人になることがあっても生きよ、生きて歴史の証人になるのか。敗北の証人である。

山崎豊子の主人公が「男」たりえたのはなぜなのか。とりわけ、『不毛地帯』の主人公が、善を代表する「男」でありえたのはなぜなのか。これらがわれわれの問いだった。その回答の鍵はここにある。われわれは、普通、「勝つこと」こそが男らしさの源泉だと考えている。壹岐正にしても、商社マンとしてのキャリアは、小さな条件付きの敗北を挟んではいるが、ほぼ連戦連勝である。しかし、彼の人生の原点には、のちのすべての勝利の前提条件として、大きな敗北があり、彼は自分自身が敗者であることを引き受けることから戦後を始めざるをえなかった。戦後の日本で、(善の)「男」になるためには、自分(たち)が敗者であることを原点におかなくてはならなかったのではないか。山崎豊子の小説は、意図することなく、このことのひとつの表現になっているのではないか。これがこの後の作品をも読みながら、検証してみたい仮説である。

念のために述べておけば、この仮説は、戦争の体験をその後の仕事や人生に活用することが、「男」になる条件だ、ということを意味しているわけではない。確かに、壹岐は、軍人としての知識や人脈を、商社での仕事に活かしている。大門社長が壹岐を近畿商事に迎えたのは、大本営参謀として発揮した能力が商社マンの仕事に通ずるという直感があったからだし、壹岐は戦闘機選定問題では、軍人としての知識や防衛庁に連なる人脈を利用している。壹岐が石油の採掘に執念をもやしたのは、日本が油田をもっていなかったことが、無謀な戦争の原因の一つだったという認識があったからだ。

しかし、こうしたことは、「男」らしさとは何の関係もない。「男」の条件になっているのは、行動ではなく態度、敗北を原点においた態度である。しかし、それはどういうことなのか。われわれは皆、日本が第二次世界大戦で敗戦国になったことを知っているではないか。戦前・戦中生まれの日本人は、そのことを体験的に知っている。戦後生まれの日本人でも、歴史の常識として、このことを学んでいる。敗北を引き受けているとは、どういうことなのか。それは逆に、日本の敗北を——知ってはいても——引き受けていない態度とは何かを明らかにすることによって示されるだろう。

## モデル問題

だが、その前に片付けておくべきことがある。いわゆるモデルの問題である。他の山崎作品と同様に、『不毛地帯』の登場人物や企業には、現実のモデルがある。たとえば近畿商事は伊藤忠商事であり、東京商事は日商岩井である。そして、何より、壹岐正のモデルは瀬島龍三だ。

しかし、結論を言えば、『不毛地帯』に書かれている壹岐正の言動や心情は、現実の瀬島龍三とは関係がなく、全面的に山崎豊子の想像力の産物である。戦中は大本営に所属する参謀であり、戦後シベリアに抑留されていて、帰国後、大商社で仕事をして、副社長になった、という人生の外形的な枠組みだけを、山崎は現実の瀬島から借用している。だが、その枠組みの中を埋める内容は、すべて山崎の創作だと言ってよい。山崎は、瀬島龍三に取材しており、彼の話を録音した長時間のテープも残っているという。しかし、瀬島が、山崎が小説に使える話をべらべらとしゃべったとは思えない。とりわけ、瀬島は生前、シベリア抑留については、表面的で紋切り型のごくわずかなことを別にするとほとんど何も語らなかったという[1]。瀬島が東京裁判に証人として出廷したことは事実である。が、若槻泰雄が述べているように、証人にしたのは、その軍人がソ連側にとって協力的で安心感を与える者だったからに違いない[2]。とすれば、瀬島が壹岐のように懊悩した可能性は低い。

「男」は、瀬島だろうが誰だろうが、現実の人物とは関係がない。それはさしあたって、山崎豊子の虚構の中にだけいる。山崎が綿密な取材をもとに、小説をノンフィクションのように書くタイプだったとしても、である。一つずつのエピソードは現実の断片を反映していたとしても、それらの組み合わせは、全面的に山崎の創作によるからである[3]。

## オー、ミステーク！

では、問いを再開しよう。われわれは、壹岐正が敗者であることを引き受けることから始めている、と述べたわけだが、逆に、敗北の事実を知っていながら、敗者たることを引き受けていないとはどういう状態を指しているのか。

映画監督の小林正樹が戦後、帰国したときに感じた違和感がひとつのヒントになる。彼は、戦争が終わってからまず一年間米軍の捕虜となり、沖縄で労働に従事させられていた。壹岐の十一年間のシベリアでの強制労働に比べれば、小林の抑留体験は短く軽い。しかし、それでも、後に『人間の條件』や『東京裁判』のような反戦映画を撮ることになるこの人物の驚きと戸惑いは、

「敗者として勝者のもとで俘虜になった者の感覚」と「本土で終戦を迎えた人たちの標準的な態度」との間にある差異を検出するのに有効なはずだ。小林は、一方では、民主化による日本の激変に驚いている。しかし、他方で、彼はこうも言う。「日本は戦前とまったく変わっていないように見えた」。つまり変わっているのに、変わっていない、というわけだ。小林は続けている。「あの時〔戦中〕、人々はこぞって軍部を支持したのだ。こうした日本人の意識の変化が必ずしも悪いといっているのではない。ただその変化はどのように起きたのかが問題なのだ」[4]。つまり、こういうことだ。変化しているのだとすれば、その変化の過程の痕跡のようなものが、認められるはずだ。だが、終戦一年後の日本人の態度に、それがまったく見あたらない。とすると、激変しているようでいて、実は何も変わっていないのではないか。それが小林の疑念である。

この変化なき変化の瞬間を捉えている、まことに印象的なエピソードを、ジョン・ダワーが『敗北を抱きしめて』の中で紹介している[5]。戦後最初のベストセラー『日米会話手帳』（１９４５年）が発案された瞬間である。この教本を出版したのは、小川菊松という人物である。彼は、終戦の玉音放送を商用の旅先で聞き、涙ぐみながら帰路の列車に乗った。ところが、その列車の中で、天啓のように「この機に金持ちになれるだろう」という思いを得る。日本が占領されれば、日本人は皆、初級の英会話の本をほしがるに違いない、と。

この変わり身の速さは驚異的である。ここに抜けていることこそ、「私は負けた」という痛恨の思いである。日本が戦争に負けたということは、事実として認識してはいる。しかし、そのことが、真に腑に落ちることとして信じられてはおらず、主体化されてはいないのだ。精神分析では、「分かっているのに、分かっていないかのようにふるまう」こうした現象を、「否認」と呼び、フェティシズムの発生の説明などに使う。ここで示唆しておきたいことは、小川菊松に極端なかたちで見出された、この敗北の否認が、戦後の日本人の標準的な態度だったのではないか、ということである。小林正樹が見ていたこともこれではないか。実際、今日でも、われわれは「敗戦」とは言わず、「終戦」と言う。

ダワーの著書から、もう一つの例を紹介しておこう。GHQ占領期に最も流行った英語は、「オー、ミステーク!」だそうだ。日本大学で運転手をしていた若い男が、大学の公金を盗み、大学教授の娘と一緒に遊興に使ってしまった。一九五〇年九月に逮捕されたとき、この男が叫んだのがこの言葉である。男と娘は、ハリウッド映画の大ファンで、アメリカに行ったこともないのに、普段から変な英語を使っていたらしい(長嶋茂雄を連想する)。犯罪者の言葉としては、あまりにも軽い。

問題は、なぜこの英語が流行語になったのか、である。このフレーズは、当時の日本人の集合的な無意識の表現になっていたからではあるまいか。日本人は、GHQに対して、この運転手の若者のように叫んでいたのである。「オー、ミステーク!」と。戦争は、日本人にとって、「ごめん、ちょっと間違っちゃった」という程度のことになっていたのだ。これもまた、敗北の否認の一つの現れである。

## 負けたのか勝ったのか？

ここで起きていることをもう少し分析的に抉り出してみよう。もう一度、ダワーが提供している事例の助けを借りることにする。加藤悦郎という漫画家がいた。彼は、敗戦からちょうど一年を経たとき、アメリカによる占領を記録した画集を出している。この画集の序文で、加藤は、自分は反戦を叫ぶ勇気がなかったという趣旨のことを書いているが、この表現には、意識的にか、無意識にか、欺瞞が含まれている。ともあれ、この画集には、たとえば「民主々義革命」と側面に書かれた大きな缶詰が、パラシュート付きでたくさん降ってきて、日本人たちがうれしそうに空へと手をさしのべている（「天降る贈物」）など、当時の日本人の心情を、わかりやすく表現した絵が何枚も含まれている（図1）。

その中の一枚はこんな絵である。真ん中で、日本の「人民」を代表していると思しき労働者風の若い男が、手足を大きく伸ばして立ち上がっている。彼の手首と足首に、切断された鎖の断片が残る手枷・足枷がある。彼の背後には、大きな鋏が描かれている。この鋏が、鎖を断ち切ったのだ。鋏の真ん中には星のマークがある。鋏はアメリカの象徴だ（図2）。

この絵の含意ははっきりしている。アメリカは日本人を解放してくれた、と。ということは、日本人は、アメリカによって解放され、救済されるのをずっと――戦前・戦中からずっと――待っていた……ことになる。[6] そうだとすれば、日本人は敗者の側にはいない。救済される者と救済する者は味方同士だからだ。ということは、日本人は、救済する者、つまりアメリカ、要するに勝者の側から、終戦と戦後を捉えていることになるではないか！ 終戦と同時に、視点の一足飛

図１　占領軍による改革は、空から降ってくる贈物である。日本人は大歓迎してこれを受けとろうとしている。

図２　1945年10月４日のＳＣＡＰ（連合国軍最高司令官）による「民主化指令」の際に描かれた絵。星のマークの鋏はアメリカで、背後で逃げているのは、政治家と軍人だろう。

びの転換が生じていたのである。敗者の側から勝者の側へ、である。日本人は、勝者の観点から、すなわち勝者と同じ価値観を（はじめから）もっていた者として、戦争の終わりを見ているのだから、「私が負けた」ことにはならない。もちろん、これは欺瞞であり、もう少し穏やかに言えば、事後から見たときに生ずる遠近法的な錯覚だ。加藤悦郎にしても、反戦を叫ぶ勇気がなかったと書き、まるで戦中に反戦の思いをかかえて鬱屈していたかのように語っているが、ほんとうは、米英への敵愾心を煽る絵を積極的に描いていた。

## 「死んだ若い人にどんな罪があるでしょう」

以上のような解釈を支持する例として、

竹山道雄の名作――とされている――『ビルマの竪琴』（昭和23年）をここで引き、『不毛地帯』と対比してみよう。『ビルマの竪琴』は、「負けた」と正しく発することが、いかに難しいか、ということの例証にもなっている。ここでこの作品を参照する理由は三つある。そのうち二つをまず記しておこう。第一に、鼎談集『戦争はどのように語られてきたか』[7]によれば、『ビルマの竪琴』は、『二十四の瞳』とともに、日本の戦後における戦争の語り方の原型となった作品とみなすことができること。第二に、山崎豊子が、「学徒出陣」の悲劇に深くこだわっていたこと。『ビルマの竪琴』の主人公、水島上等兵は一高生であったと記されている。そうだとすれば、彼が学徒として最前線に送られていたことは明らかである。

『ビルマの竪琴』は、終戦をビルマで迎えた水島上等兵が、当地での日本兵戦死者の慰霊のために、日本に帰る仲間から離れ、僧としてビルマに留まる、という話である。この作品に注目した第三の理由はここにある。主人公が、終戦後も、あえて帰国せず、戦地や敵地に残った、という設定が、『不毛地帯』と共通しているのだ。竹山道雄は、水島上等兵にこう言わせている。「まちがった戦争とはいえ、それにひきだされて死んだ若い人にどんな罪があるでしょう」と。

冷静に考えると、「おいおい、ちょっと待ってくれ」と言いたくなるような言い分ではないか。それならば、そのまちがった戦争は誰が行ったのか。誰がまちがったのか。そのように問いたくなるだろう。先ほどの加藤悦郎の絵（図2）と同じように、（一部の）政治家や軍部のトップにいた者がまちがったのだ、と言いたいのだろうが、しかし、「私たちはまちがった戦争にひきだされただけだ」と日本兵が言ったとしたら、それをビルマの現地人は納得するだろうか、考えてみるとよい。

だが、ここには、日本人の大半にとっての、戦争のイメージが集約されている。自分たちは、まちがった戦争にひきだされ、まきこまれたのだ、と。「われわれ」に「どんな罪があるでしょう」と。これによれば、自分たちはまちがった戦争の犠牲者なのだから、主体的に戦争を遂行して負けたとは言えない、ということになる。つまり、自分たちを罪のない犠牲者と見なすことで、敗北の事実が否認されているのだ。さらに付け加えれば、犠牲になった日本人を救ってくれたのが、アメリカだ、という構図が成り立つ。

こういう理解からは、「私（たち）は負けた」という言明は抹消されている。しかし、シベリアに抑留された壹岐正には、そんな欺瞞は通用しない。彼は「負けた」を決して否認できない事実として引き受けないわけにはいかない。おそらく、「男」になるためには、善の「男」になるためには、このことが絶対に必要な条件だったのだ。

『不毛地帯』という小説の最も奇妙な部分は、そのタイトルである。不毛地帯は、直接には、シベリアを指しているはずだ。しかし、戦後に経済的に繁栄している日本もまた、不毛地帯だという含意が、このタイトルにはある。繁栄の全体が敗北の否認（不毛地帯）の上にあるからだ。

1　保阪正康『瀬島龍三――参謀の昭和史』文春文庫、1991年。

2　同書、50―51頁。
3　結局、壹岐正は、瀬島だけではなく多くのモデルの複合によって創られたことになる。たとえばシベリア抑留についての叙述は、「国籍を失い、朝鮮人囚人として強制労働を強いられた」竹原潔への取材がひとつのソースとなっているという。『山崎豊子スペシャル・ガイドブック』新潮社、2015年、155頁。
4　ピーター・グリリによる小林へのインタヴュー。Positions, 2.2. 1994 Fall.
5　ジョン・ダワー『敗北を抱きしめて』岩波書店、2001年。137ページの図版1、2も同書所収。
6　アメリカは、何（誰）から日本人を救ったのか。加藤の絵には、背景に小さく、背中を向けてすたこら逃げていく二人の人物が描かれている。政治家と軍人である。普通の日本の人民は政治家や軍人によって抑圧されていて、アメリカが彼らから人民を解放した、という構図になる。
7　川村湊・成田龍一ほか『戦争はどのように語られてきたか』朝日新聞社、1999年。この本は、川村湊と成田龍一が、そのたびにゲストを迎えて行った鼎談を集めた本である。

# 第九章　祖国なき敗者

## 敗者の側に帰ったか?

日米間の戦争が始まったときアメリカに留学していた鶴見俊輔は、移民法違反の容疑でFBIに逮捕され、収容所に入れられた。彼は、抑留中に、ハーバード大学に提出する、哲学の卒業論文まで書いている。だが、開戦から一年半ほど経ってから、鶴見は、日米交換船に乗って、日本に帰った。アメリカに留まることもできたのだが、あえて日本への帰国を選んだのだ。その動機が独特だった。鶴見は、開戦と同時に、アメリカの勝利を確信した。彼には、戦争が終わったときに敗者の側にいるべきである、との直観があり、戦中に日本への帰国を決断したのだという。

この決断には、確かに、いかにもありそうな凡庸な決定、たとえばアメリカでの迫害を嫌って日本に戻るとか、逆に、勝者の側にいたいからアメリカに留まるとか、といった通常の判断にはないひねりが感じられる。しかし、戦後を知っている者からふりかえったときには、敗戦国となった日本にいた方が、敗者のまさに敗者としての意味をより深く体験できるはずだ、というあたり前の見通しが、妥当だったかどうかには疑問が生ずる。前章で述べたように、日本人の多くは、敗戦の直後から、無意識の防衛反応のように「敗戦」を否認しようとしたからである。[1]

この敗戦の否認、敗戦の抑圧に、日本人は、後ろめたさを感じていたのではないか。それが何であるかといったことをはっきりと自覚することがなく、罪の意識をもったのではないか。このような推測を傍証するのが、第五章で指摘した事実、すなわち１９６０年代から70年代前半にかけて、『砂の器』などきわめてよく似た結構のミステリーが、連続的にヒットしたという事実だ。これらのミステリーでは、主人公の犯人は、善意の来訪者を殺してしまうのだった。犯人には、犠牲者が過去からの来訪者に感じられたのだ。「過去」とは、敗戦直後の時期である。犯人はいずれも、アイデンティティをめぐる秘密をもっており、それを、敗戦による混乱を活用して隠蔽している。もし、この秘密が露見すると、彼らの地位はすべて失われてしまう。そのため、彼らは、何の害意もなく、むしろ好意や感謝の気持ちをもって接近してきた来訪者を殺す。

これらのミステリーの犯人となる主人公は、いずれも、社会的な成功者である。これらが書かれた60年代から70年代の前半は、まさに、高度経済成長の時期にあたる。主人公たちは、とりわけ経済的に復興しつつある日本人の象徴であろう。このタイプのミステリーの流行は、日本人が、自分たちのアイデンティティに、ちょうど敗戦直後の時期を境とする不連続性があることを知っており、このことを自ら抑圧していること、自分たちの現在の成功が、この不連続性の隠蔽に依存しており、その隠蔽に罪悪の感覚をもっていること、これらのことを暗示しているのではないか。隠蔽されている過去のアイデンティティとは、自分たちがアメリカの敵だったということ、そして愚かで誤った戦争の敗者だったということである。隠され、自分自身で抑圧している過去のおぞましいアイデンティティが、ミステリーの中で、さまざまにずらされて（米軍兵の愛人だったとか、貧困期に強盗殺人の共犯だったとか）表象されているのである。

これは、まさしく精神分析的な現象である。精神分析の教えによれば、抑圧したことは必ず回帰してくる。ただし、ずらされた形で。また、精神分析が熟知していることは、トラウマとなった出来事は直後に結果をもたらすわけではない、ということだ。たとえば幼児期に親族から性的虐待を受けたということが真に大きな結果を残し、その人の人生の障害になるのは、思春期以降であったりする。同様に、敗戦の衝撃は、長い潜伏期間を経たあと、高度成長期の渦中にその結果を出しつつあるかのようだ。

前章でわれわれは、山崎豊子の『不毛地帯』を読むことで、次のように論じた。壹岐正が「男」たりえたのは、彼が、敗戦を否認しなかったからだ、と。彼は、「私（たち）は負けた」ということを、いささかも割引くことなく、トータルに自覚的に引き受けることから始めた。「男」は、「負けた、しかし……」という逆接、このねじれの自覚のうちに宿る。

## 二つの祖国の間

さて、この章の冒頭で、鶴見俊輔のアメリカからの帰還について述べたのは、このエピソードが、山崎豊子の次の長篇小説『二つの祖国』の意義を映し出すための小さな鏡になるからだ。鶴見は、敗者の側に立とうとして、アメリカから日本に戻ったが、そのことでかえって、敗者としての体験を検出しにくくしたかもしれない、と述べてきた。『二つの祖国』の主人公天羽賢治の場合は逆である。彼は、勝者の側（アメリカ）にとどまった。そのことでかえって、彼は、敗北ということとの過酷な意味を、まともに、まったく緩衝のためのフィルターなしに受け止めざるをえなくなったのだ。

『二つの祖国』は、１９８０（昭和55）年から83年にかけて『週刊新潮』で連載された。全三巻からなる単行本は、新潮社から、１９８３（昭和58）年に出版された（現在の文庫版は四分冊）。この小説は、翌１９８４年のＮＨＫ大河ドラマ『山河燃ゆ』の原作ともなった。ただし、ドラマと山崎の原作小説との間には、タイトルを変えていることからも示唆されているように、ストーリーの点でも、また主題の点でも重要な違いがある。われわれの考察は、原作小説をもとに進めることにする。

主人公の天羽賢治は、日系二世のアメリカ人である。彼はロサンゼルス生まれで、ロサンゼルスに本拠をおく日本語新聞『加州新報』で、若く有能な新聞記者として働いている。ただし、彼はずっとロサンゼルスで暮らしていたわけではなく、小学校三年のときに日本に送られ、大学を中退するまで日本に滞在した。日米の言語を使えるだけではなく、両方の文化をよく理解する人物だ。賢治の父乙七《おとしち》は、十九歳のとき鹿児島から渡ってきた移民で、過酷な農場での仕事や日本人への差別的な待遇に耐えて努力し、ロサンゼルスのリトル・トーキョーで、「アモウ・ランドリー」というクリーニング店を営むまでになっている。乙七をずっと支えてきたのは、妻のテル——もちろん賢治の母——である。賢治は長男で、二人の弟と一人の妹がいる。ストーリーの上で特に重要なのは、弟二人である。すぐ下の弟忠《ただし》は日本にいて、大学に籍を置いている。末弟の勇《いさむ》は、ハイ・スクールに通っている。賢治には、エミー——やはり日系二世——という妻があり、この小説の中で、二人の間に男の子が生まれる。ただし賢治が最も深く愛することになる女性は、加州新報の同僚でもあった、井本梛子《なぎこ》という、やはり日系二世の女性である。

彼ら日系人の運命は、１９４１（昭和16）年12月7日に日本軍がパールハーバーを急襲し、太平洋戦争が始まったことで激変する。天羽家を含む日系人は、マンザナール強制収容所に入れられ、人権無視の屈辱的な扱いを受ける。収容所の中で、日系人は、日本への愛国心を前面に出す者と、アメリカへの忠誠心を積極的に示すべきだとする者とにはっきり分かれることになる。前者は、収容所での不当な差別を思えば、日本人であることに依拠するのは当然だと主張し、後者は、戦後の日系人の地位の向上のためにも、アメリカの側に立って戦うことも拒否すべきではないと言う。収容所では、日系人全員に、「合衆国の徴兵令に応じるか」「天皇に銃を向けることができるか」の二つを問う忠誠テストが課された。

このテストに、それぞれ「イエス」「ノー」と答えた賢治は、悩んだ末、語学兵に志願し、自ら進んで太平洋戦線に向かう。その間、テストに「ノー」「ノー」と応じた乙七とテルは、マンザナールよりもさらに奥地のツールレーク強制収容所に送られた。また、日本人としてよりもアメリカ人として生きることを強く主張していた勇は、父乙七の反対を押し切って、志願兵としてヨーロッパ戦線で戦うが、テキサス部隊を救出する、日系人部隊の作戦行動の中で戦死する。他方、賢治は、フィリピンの戦場で、何と、日本軍に徴兵されていた弟忠と遭遇する。この部分が、この小説の最大の山場である。賢治が発砲した銃弾が——誤射ではあったのだが——忠の足にあたり、忠は米軍の捕虜になった。

日本の敗戦後は、賢治は、進駐軍の言語部のモニター（通訳の言葉をチェックする言語調整官）となり、極東軍事裁判に臨む。彼は、しかし、この裁判が、「勝者の裁き」になっており、正義にかなったものではなかったと失望する。賢治と忠の間には強いわだかまりが残ったが、戦中にすでに交換船で両親とともに帰国していた栅子の助言もあり、両者は和解した。その栅子は、広島の原爆で被爆し、白血病で死亡した。賢治に宛てた栅子の遺書には、「小学校から星条旗に忠誠を誓い、『合衆国よ永遠なれ』と心の底から国歌を唱《うた》い続けて来たこの私は、アメリカの敵だったのでしょうか」とあった。

## 「私はアメリカの敵だったのでしょうか」

以上が、結末を除く小説のプロットである（結末については後述）。天羽賢治は、形式的に言えば、戦争の勝者である。彼はアメリカ人であり、アメリカ軍の一員でもあったのだから。しかし彼は、日系アメリカ人であったがゆえに、普通の日本人よりもずっと深く敗北を経験したとも言える。なぜか。

日本人がどのような（無意識の）操作によって、敗戦の実質的な意味を否認したのかを考えてみるとわかる。前章で紹介した、漫画家の加藤悦郎が、戦後一年目に描いた絵を思い出すとよい。日本の「人民」を束縛していた鎖を、アメリカという鋏が切断してくれた、というあの絵である（137頁　図2）。これによって、日本人はアメリカに敗けたのではなく、アメリカに救済されたことになるわけだが、このような解釈は、どんな心的操作に媒介されているのか。

まず、アメリカの視点を――日本を見つめるアメリカの視点を――想定しなくてはならない。それは、正義のまなざしであり、日本人を公正に見ている。いや、もっとはっきりと言えば、（日本人によって想定された）アメリカのまなざしには、日本の民衆が初めから好ましいものとして映っている。ということは、日本人は、もともと、アメリカ人に好まれるような資質をもっている、ということにしなくてはならない。つまり、日本人は最初から――戦争に負ける前から――自由とか民主主義とか平和とかを愛し、アメリカ的な価値観の中でポジティヴに評価される性質をもっていた（しかし「軍部」とかの「悪いやつ」に抑圧されていた）……というわけだ。もちろん、これは、とんでもない過去の書き換えであり、小林正樹が帰国したときに感じた違和感（前章参照）の原因はここにある。

敗戦の否認を可能にしていたのは――わかりやすくするためにいささか単純化してはいるが――おおよそこのような心的操作である。しかし、日系アメリカ人は、こんな心的操作に逃避することは絶対にできない。この操作の欺瞞性は、彼らにはあまりにあからさまで、それを否認することができないからだ。もう少していねいに説明しよう。一方で、日系アメリカ人は、たいてい、父祖の国である日本への愛着をもたざるをえない。彼らは日本人で（も）ある、というアイデンティティに執着するだろう。アメリカで差別され、不遇な思いをすれば、日本人としてのアイデンティティへの執着はますます高まるはずだ。そうである以上、彼らは、自分たちが戦争の敗者の陣営に属している、と認めないわけにはいかない。しかし、他方で、日系アメリカ人は、自分自身がアメリカ人であるがゆえに、あるいは現実のアメリカ人と同じ側に（も）属し、彼らと視線を共有しているがゆえに、普通の日本人のように、都合のよい「アメリカ人のまなざし」を想定することができない。彼らは、アメリカ人のまなざしが、純粋な正義や公正性によって条件づけられていないことを知っている。まして、アメリカ人が、日本人にとりたてて愛情も好意ももっていないことを知っている。何しろ、彼ら日系人はアメリカ人によって不当な差別を受けているのだから。

つまり、日系アメリカ人は、日本人とアメリカ人の間にいるがゆえに、敗戦を否認することができない。このことは、原爆投下に対する梛子の反応、私は「アメリカの敵」だったのか、という反応によく現れている。客観的に見れば、幼い頃から熱心にアメリカ国歌を唱っていた、日系二世の女性がたまたま広島にいたから、被爆してしまったのであって、アメリカは特に彼女を敵視したわけではない。しかし、こんな事実をいくら指摘しても、梛子には何の気休めにもならないだろう。梛子が、原爆という特別な兵器の使用を通じて感じているのは、梛子その人というより、日本人に対する、アメリカの異様な憎悪、過剰な敵意だからだ。

ところが、驚くべきデータがある。終戦の二〜四ヶ月後に、合衆国の戦略爆撃調査団が、日本全国で調査を実施している。これによると、「原爆投下に対して米国に憎悪を感じるか」という質問に対して、「感じる」と答えた日本人の率は、たった12%しかいないのだ。それでも、広島・長崎では憎悪を感じる者は過半数を占めるのではないか、と予想したくなるだろうが、そうではない。実際には、この二都市においてすら、その数値は19%にしかならない。つまり、原爆投下から間もない広島・長崎でも、五人に一人程度しか、アメリカに憎悪を感じていなかったのだ。

　ことさら、自分のことを「アメリカの敵」だったなどと思う必要がない日系アメリカ人の梛子が、アメリカの敵意を感じ、失望しつつ死んでいった。逆に、まぎれもなく、敵として憎悪の対象とされた、広島や長崎の市民は、ほんの数ヶ月前まで、自分たちが「アメリカの敵」だったことを忘れかけている。どうしてこんなねじれた関係になるのか。後者は、「敗戦の否認」のための心的な操作に頼ることができるのに、梛子には、それが不可能だったからだ。

　日系二世の戦争体験を描いたこの長篇小説は、結果的に、日本人による敗戦の否認がいかに欺瞞に満ちたものであり、それが本来不可能なことであるかを示したことになるのだ。

## 『男たちの旅路』

　確認すれば、山崎豊子の長篇小説の教訓は、ある逆説である。一般には、負けることが、「男」らしさにとって最も大きな傷であると考えられている。「男」であるためには、負けてはならない、負けを認めてはならない、と考えられているのだ。しかし、山崎の小説からわれわれが引き出した含意は、まったく逆に、戦後の日本では、原点にある敗北をしかと認めた者だけが、「男」になりうる、ということだ。

　これはすこぶる重要な論点なので、『不毛地帯』や『二つの祖国』とほぼ同時期に属する、山崎の小説以外の作品を用いて、補強しておこう。ここで参照したいのは、まさに「男」が主題である、その名も『男たちの旅路』というテレビドラマのシリーズだ。山田太一の脚本による名作で、1976（昭和51）年から82年にかけて、NHKのドラマとして、散発的に放映された。[2]

これはガードマンの物語である。主人公は、鶴田浩二が演じた吉岡司令補。彼は、「俺は若い奴が嫌いなんだ」とはっきり言い放つ中年の男である。彼と、同じ警備会社に勤め、彼の部下にあたる「若い奴」とが、毎回、何事かについて言い合い、喧嘩しあいながら、ひとつのことを解決していく。シリーズを通じて、「若い奴」を演じた俳優は、ずいぶんたくさんいる。森田健作、水谷豊、桃井かおり、岸本加世子……。若い奴は、吉岡司令補に厳しく叱られたり、説教されたりするが、そしてしばしば吉岡司令補に反発したり、悪態をついたりするが、ほんとうは吉岡を尊敬している。警備会社なので、さまざまなところから依頼を受けるらしく、毎回、異なる建物や場所を警備し、そのたびに、ガードマンたちは、人生の深部にふれる問題にぶつかる。「若い奴」もけっこう親切で、その問題に首を突っ込むのだが、ごく常識的な対応しかできず、問題は解決しない。だが、吉岡司令補だけは、言うこともなすことも違う。彼の言動によって、登場人物も、またわれわれ視聴者も、それまでとは異なる視角から問題を見ることになり、新しい視野が開けることになる。

このドラマで、「男」は、もちろん吉岡司令補である。彼は何者なのか。このドラマには、重大な設定がある。吉岡は、特攻隊の生き残りであり、そのため、日本の敗戦へのこだわりを捨てることができないのだ。シリーズの第一話「非常階段」（76年）の最後に、吉岡が、この過去を語るシーンがある。それは、若い女性（桃井かおり）の自殺を食い止め、命をもてあそぶような その態度に怒りを覚えた吉岡が、彼女を殴りつけたすぐ後のことだ。二人の若い部下（水谷豊、森田健作）に、彼は、ある戦友の思い出を語る。明日の出撃が決まり、死が確実になったその戦友が、寝床で、吉岡に「降るような星空ってのはいいもんだったなあ」と語った、という話だ。吉岡は、「雲よ晴れてくれ」とあれほど切実に願ったことはなかった、と語る。

その戦友も吉岡も、切なく、必死に生きた、ということである。そういう戦友に、「俺たちはほんとうはアメリカによる解放を望んでいたんだ。負けてよかったんだ」などと言えるだろうか。絶対に言えない。それでは、あれほどに深い哀しみを抱えて逝った戦友の死はまったく無意味だと最初からわかっていた、と主張していることになるからだ。少なくともあのとき、自分たちはそうすることがよいと信じていた、と認めねばなるまい。

すると、今度は、こう展開したくなってしまう。特攻隊の死は意味があったのだ。彼が命を捧げた（戦前の）国は正しかったのだ。これが普通の国粋主義者の主張である。しかし、吉岡司令補の思想、『男たちの旅路』のシリーズが表明している思想は、このような主張とはまったく反対である。吉岡司令補は、戦後日本が、戦前の体制を否定した上で理想としてかかげた「平和主義」を明らかに支持している。このことは、シリーズの中で何度も暗示される。武器をもたずに暴力と対峙しなくてはならない、ガードマンという職務は、軍隊をもたないと憲法で宣言した戦後日本の理想の隠喩である。

この平和主義の思想を明示的に主題化したのが、シリーズの最終話となった、82年のスペシャル版「戦場は遙かになりて」である。この回では、鉄パイプなどの武器をもった若者の暴力集団に、夜の警備にあたっている二人組のガードマンが繰り返し襲撃される。このような状況に対して、吉岡司令補と会社は、武器のないガードマンが武器をもつ暴徒と対決しても怪我をするだけなので、暴徒が来たら、すぐに逃げて、警察に連絡するように、と指示する。しかし、取引先やマスコミから、これではガードマンを雇うことの意味がないではないかと批判されたこと等があって、ついに一人の若いガードマンが暴徒に立ち向かい、殺害されてしまった。

吉岡司令補は言う。「強がり」と「本当の強さ」は違う、と。他人から弱虫と言われることを恥じ、自分のプライドを守ろうとする「強がり」から出た行為は、「本当の強さ」ではない、と。本当に強いということは、自分が武器をもつ敵に対しては無力であることを直視し、弱虫と批判されることを恐れず、逃げるべきときには逃げることだ、と吉岡は言う。これには、特攻隊の死も「強がり」だったという含意がある。

ここには、自分たちが弱者であること、つまり敗者であることをしかと認め、その事実から逃げないこと、それこそが、本当に強いということであり、「男」の条件である、という認識がある。『男たちの旅路』の基底にあるこの認識は、われわれが、山崎作品から抽出した認識と重なる。

## 祖国は見つからず

もう一度、『二つの祖国』に戻ろう。アメリカの軍隊の一員として戦った日系二世を導入することで、山崎は、日本の敗戦という事実を、どんな保護膜にも覆われていない純粋状態で取り出した。しかし、その事実を引き受けることは、日系二世にとっては、あまりにも厳しく困難なことだ。彼は、何者でもない者、所属すべき場所をもたない者にならざるをえないからだ。彼は、日本人を敵とした以上、日本人に素朴に同一化する権利を放棄してしまった。しかし、彼は、アメリカ人に同一化することも拒否されている[3]。

東京裁判の後、判決に批判的だった天羽賢治は、CIC（対敵諜報部隊）から嫌疑をかけられる。つまり、賢治は、戦中から戦後にかけてずっとアメリカに献身的に尽くしてきたつもりなのに、アメリカからなお、お前は敵ではないか、という疑いをかけられ、それを払拭できなかったのだ。『二つの祖国』は、だから、祖国を二つ持つ男の話ではない。ついに、祖国を見出すことができなかった男の話である。結末は救いのないものにならざるをえない。「僕は、勇［アメリカの軍人として戦死］や忠［日本の軍人として戦い日本人になる］のように自分自身の国を見つけることが出来ませんでした」と言って、賢治は、拳銃で自殺する。

銃弾が顳顬《こめかみ》を貫き、ガラス扉が氷片のように砕け散った。顳顬から数条の血が糸をひくように流れ、光を失った瞼《まぶた》に、星条旗と日章旗が重なり合うようにはためいた。その二つの国旗を摑《つか》もうと手を伸ばしたが、届かず、砂漠の砂塵《さじん》が濛々《もうもう》と容赦なく吹きつけ、果てしなく続く鉄条網が、絶命の一瞬まで灼《や》きついた。

1 念のために記しておくが、これは、鶴見が敗戦を否認したという意味ではない。彼は、実際に負ける前から敗戦を直視していた。ただ、敗者たちが敗者であることをどのように受けとめるのかを同時代的に知りたいという、彼の願望は、十分に満たされなかったかもしれない。

2 以下、この作品の解釈は、長谷正人の含蓄豊かな山田太一論に依拠している。『敗者たちの想像力―脚本家 山田太一』岩波書店、2012年、37―44頁。

3 ところで同じ日系人でも、日系ブラジル人（の多く）は、戦後何年間も、日本敗戦の事実を全面的に否定し、日本は勝ったと主張した。われわれはここで、日本人は敗戦を否認したと述べてきたが、それはもちろん、日本が負けた事実を知った上で、その事実に対する主体的な態度に関して欺瞞があったという意味だが、日系ブラジル人は、事実の認知そのものを拒否したのだ。やがて、日本は実は負けたのだと（客観的に正しい）事実を主張する「負け組」と、そんなことはない日本は勝ったのだという（幻想の）設定に固執する「勝ち組」との間で、流血の抗争になる。抗争が完全に沈静化したのは、戦後十年近く立った1950年代半ばである。どうしてこんなに悲惨なことになったのか、考える必要がある。大澤真幸『〈問い〉の読書術』朝日新書、2014年、301―303頁。

# 第十章　「大地の子」になる

## 戦争三部作の弁証法

『不毛地帯』（1976、78年）から『二つの祖国』（1983年）を経て『大地の子』（1991年）へと至る、連続して書かれたこれら三つの長篇小説は、「戦争三部作」と呼ばれている。三作とも、戦争（日本の第二次世界大戦）が、とりわけ、戦争と敗戦が主人公の戦後の体験のうちに落とす影が主題になっているからである。取材の期間も含めれば、執筆のためにおそらく二十年近くを費やしたと思われる、これら三部作は、しかし、たまたま「戦争」という主題を共有している、ということ以上の深い全体的な統一性をもっている。もちろん、各作品は、物語としては完全に独立している。主人公は別人だし、登場人物の重なりはまったくない。当然、読者は、それぞれの小説を独立に読むことができる。山崎自身も、三つの長篇の間のつながりなど、まったく意識せず、それぞれの物語、それぞれの人物に集中し、別々の作品として書いたに違いない。しかし、にもかかわらず、三部作は、全体として、無意識のうちに、まさに弁証法的と呼ぶにふさわしい論理で展開し、互いに関係し合っているのだ。

『二つの祖国』の結末は、救いがない、と前章で述べた。主人公の天羽賢治は、自殺してしまう。

山崎のすべての長篇小説の中で、この終わり方は、最も悲惨である。『白い巨塔』の財前五郎も――続篇も含めれば――最後に死ぬが、死因は癌なので、絶望による自殺に比べれば、悲劇の度合いはずっと小さい。むしろ、財前は立身出世という点では頂点に達していて、もともと欲していたもの（教授のポスト）を獲得している。『華麗なる一族』の万俵鉄平が自殺するが、それは、主人公（万俵大介）の勝利（「小が大を喰う」銀行合併）の代償であり、これも悲劇ではあるが、主人公の観点からは、すべての喪失を意味するわけではない。これらと違って、天羽賢治の死は、純粋な喪失であり、それを少しでも補償するよきものは何も得られていない。『二つの祖国』の後に書かれた『大地の子』は、この悲惨な結末への応答である。『二つの祖国』が示してしまった絶望に対して、『大地の子』は、ある種の希望を暗示している。そのように解釈することができるのだ。

## 二つの国の「間」で

どういうことなのかを説明するためには、『不毛地帯』から振り返る必要がある。戦争三部作の主人公たちを規定する、ひとつの共通の条件がある。彼らは全員、葛藤し合っている二つの国の「間《あいだ》」に立たされている。彼らは、いずれも「日本人」ではあるが、日本に所属しきれていない、という感覚をもっている。彼らは、「日本」と、もうひとつの「別の国」の間にいる。しかも、そのもう一つの国は、日本と、敵対関係にある――あるいはあった。

まず『不毛地帯』の壹岐正は、日本とシベリアの間にいる。もっとも、壹岐は、三人の中では最もすなおに日本への所属意識をもっている。彼は、シベリアに囚人として抑留されていたのであり、その地にいささかの郷愁も共感ももっていない――むしろ強い忌避感や憎悪をもっているからだ。そして、彼は、日本を祖国と感じ、十一年もの抑留の末とはいえ、帰国を果たしているからだ。ただ、小説のタイトルが示しているように、その故国日本も、壹岐には「不毛地帯」だ。不毛地帯は、もちろん、第一次的にはシベリアのことのはずだ。常識的には、戦後、「奇跡」とまで言われた復興に成功した日本、壹岐自身も貢献した高度経済成長の結果生まれた日本は、不毛地帯の反対物、いわば肥沃地帯でなくてはならない。壹岐は、祖国を肥沃地帯にしたことを誇ってもよさそうに見える。しかし、いくら経済的に繁栄していても、なお戦後日本は不毛地帯である、との含意が、この小説にはある。とすれば、壹岐には、心休まる豊かな故国に帰り、生きているという実感はないことになる。壹岐が強い愛着をもっている共同性は、強いていえば、一緒にシベリアに抑留されていた仲間たち（だけ）である。[1]

次に来るのが『二つの祖国』である。日系アメリカ人の天羽賢治は、もちろん、アメリカと日本の間にいる。しかし、前章で述べたように、彼はついにどちらをも自らの祖国とすることができなかった。彼の自殺の原因はここにある。賢治がやろうとしたことは、壹岐とは逆である。壹岐は、今再確認したように、シベリア（ソ連）を去り日本に、敗者となった国に帰った（そして、そこにもうひとつの「不毛地帯」を見た）。賢治の場合には、「日本か、アメリカか」という二者択一を基準にすれば、アメリカをとったということになるだろう。彼は、アメリカの軍人として日本と戦い、ＧＨＱの職員としてその日本統治に参加したのだから。

戦後の日本人の一般的な態度を背景にして考えれば、賢治のやり方は「正解」でなくてはならないはずだ。日本人が敗戦時に半ば無意識のうちに発動させた心的操作は、――われわれのここまでの議論を思い起こしてもらえればただちに理解できると思うが――、英語の格言を用いるならば、“If you can't beat them, join them.”（やつらに勝てないならば、やつらの仲間になってしまえ）式なものである。日本人はアメリカに打ちのめされたとき、まるでアメリカが自分たちの味方だったかのように振る舞い始めたのである。敵と同一化することで、完全な敗北が魔術的な仕方で勝利に変貌する。日本人が狙っていたことは、まさにこれである。日系アメリカ人である天羽賢治は、普通の日本人よりも簡単に、このような同一化ができたはずだ。何しろ、彼は、最初から、「やつら（アメリカ人）」の一員なのだから。ところが、これが成功しない。「やつら」の方が、彼（日本人）を仲間として受け入れないからだ。賢治の挫折は、日本人がやろうとしたこと、やってきたことの欺瞞とその不可能性を暗示している。だから、賢治の悲劇を、特別な境遇にある人の気の毒な運命だと同情するだけではたりない。彼は、一般の日本人の悲劇を誇張して体現していることになるからだ[2]。

最後に登場するのが、『大地の子』である。主人公の名は、陸一心。主人公は今度は、日本と中国の間のどちらつかずの場所に立たされる。彼は、日本が敗戦したときに中国に残された戦争孤児だからだ[3]。このあとに解説するように、陸一心は、山崎が造形した人物の中でも最も魅力的な「男」である。ここでもう一度、われわれは、これまで主張してきた命題が成り立つことを確認する。敗戦という事実を掛け値なしに引き受けた者だけが「男」になりうる、という命題である。戦争孤児は、日本の敗北の結果を、最も過酷なレベルにおいて体験せざるをえなかった者たちである。彼らには、敗戦の否認など、とうてい不可能なことだ。彼らは、敗北をトータルに引き受けなくては、生き延びることもできなかった人たちである。

商社マンとしてのずばぬけた成功にもかかわらず壹岐正が見出したものは、祖国の不毛であった。アメリカと日本のために戦ったつもりの天羽賢治に突きつけられたのは、祖国の不在である。では陸一心はどうなのか。次は、この小説の結末のシーンである。一心とその父は、長江の「三峡下り」の船に乗っている。

一心の両眼から涙が滴り落ち、父の顔を見詰めた。

「大地の子……」

山頂から吹き渡って来る風に、語尾がかき消された。松本〔一心の実父〕は訝しげに一心を見返した。

「私は、この大地の子です」

峡谷の江面と巌に、一心の声が谺するように響いた。

一心は、自分を大地の子であると自覚する。つまり大地を祖国として見出す。この「大地」は「不毛地帯」の反対物であり、また「二つの祖国」の間の真空を埋める実体でもあろう。全体として「不毛地帯→祖国の不可能性→大地」という展開があった。だが、われわれが問うべきは、どうやって、一心がこの境地に到達したのか、である。

## 陸一心の苦難の人生

今から振り返ってみると、『大地の子』は、時代の転換期に書かれていたことになる。この小説は、１９８７（昭和62）年から91年にかけて『文藝春秋』で連載され、91（平成３）年のうちに文藝春秋から単行本として出版された。連載の期間中に、国内では、昭和が終わり、平成になった。そして、国際的には、冷戦が事実上終結した。この作品と関係が深い出来事は、１９８９年6月の天安門事件であろう。これでも中国共産党の支配体制が終わることはなかったが、この事件は、そのおよそ半年後の東欧の民主化革命の予兆であった。意図することなくこうした転換期に書かれた『大地の子』は、戦争三部作の成果を総合する作品であるだけではなく、山崎豊子の最高傑作、彼女が書いた全小説の中で最も優れた作品だ。『大地の子』の起伏に富んだストーリーを整理しておこう。

日本が敗戦した１９４5年8月、信濃郷開拓団のメンバーとして満州に渡っていた松本家の長男勝男は、数え歳七歳で、国民学校の初めての夏休みの最中だった。そのとき勝男とともにいた家族は、祖父、母、五歳の妹あつ子、一歳半の下の妹である。父の耕次は徴兵されて満州にはいなかった。敗戦直前の八月九日に、ソ連軍の侵攻が始まったため、信濃郷の人々は着の身着のままで逃げなくてはならなくなった。逃避行の中で、松本家では、一歳半の妹と祖父が死んだ。最後に、ソ連軍の直接攻撃を受け、勝男の母を含むほとんどの信濃郷の人々は死亡した。勝男と妹のあつ子は、このとき生き延びた三人の中の二人だった。しかし、勝男とあつ子は別々の中国人に連れ去られ、生き別れとなってしまう。勝男は、ソ連軍による虐殺に立ち会った体験があまりにも過酷であったため、ほとんどすべての記憶を失ってしまった。自分が誰なのか、自分の名前すらも忘れてしまったのだ。「あつ子」という妹の名前だけがかすかに記憶に残っただけだった。

勝男は、七台屯《チータイトン》という集落の農家に貰われ、大福と名付けられた。そこで勝男は、奴隷のように酷使された。虐待に耐えられず、勝男はついにその農家から逃げ出した。逃亡の途上で、彼は袁力本という浮浪児と出会い仲良くなる。勝男は人買いに捕らえられ、長春の街で売りに出されていたところ、たまたま通りかかった小学校教師の陸徳志に助けられた。陸徳志は痩せこけたその少年を不憫に思い、たまたま着ていた、妻が仕立て直したばかりの綿入れと交換に、少年を引き取ったのだ。この出会いこそ、決定的であった。これは、敗戦からおよそ一年後のことである。

陸徳志夫妻は、勝男に「一心」という名を与え、彼らのひとり子として愛情をこめて育てた。印象的なシーンを紹介しておこう。中華人民共和国が成立する前、まだ国府軍（国民党軍）と八路軍（共産党軍）とが内戦していた頃のことだ。長春は八路軍に包囲されてしまった。長春にとどまっていれば餓死してしまう。范家屯《ファンチアトン》への脱出を図る陸徳志夫妻と一心の三人は、かろうじて、バリケードに開いた関所（卡子《チャーツ》）を通り抜けられた……と思ったところが、そうはいかなかった。一心だけ、中国語に奇妙な訛りがあったため、日本人ではないかと疑われ、関所を通してもらえなかったのだ。「その子は吃りだったからだ」等と徳志は必死で抗弁したが、一心の通行は許可されない。最後に徳志が、自分は柵の内側に戻るから、代わりに息子を助けてくれと訴えると、八路軍の上官が心動かされ、自分が餓死することが解って子を救うことは共産党の精神にかなっているとして、一心の通行を許した。このとき、一心は、徳志の首にしがみついて「爸々《バーバ》（お父さん）！」と叫び、泣いた。一心が徳志を「父」と呼んだのは、これが初めてだった。それまで、徳志夫妻は、一心に「父・母」と呼ばれていないことを苦にしていたのだ。

陸徳志夫妻は、貧しいながらも一心に学校教育の機会を与え、一心は大学に進学することもできた。優秀な成績で大学を卒業したとき、一心は、互いに愛し合ってきた同級生の趙丹青に、自分が日本人であることを打ち明けた。これに彼女は驚き失望し、一心から離れていった。北京鋼鉄公司に配属された一心は、そこで中国の発展のために尽力しようと決意を固めた。しかし、一心の真の苦難は、この後にくる。

１９６６年５月に始まった文化大革命は、共産党のトップに立つ毛沢東以外のすべての中国人にとって困難で危険な状況を作り出した。誰もが、「走資派」「反革命分子」等の嫌疑で糾弾され、陵辱される可能性があったからである。陸一心は、日本人であったがために、その危険性がいわば二重にあった。あるいはむしろ、次のように言うべきかもしれない。戦争孤児の日本人は、社会的に脆弱なそのポジションのゆえに、文革の矛盾を最も鋭敏に体現したのだ、と。事実、陸一心は、66年12月に、「小日本鬼子《シアオリーベンクイツ》」として批判され、労働改造所に送られてしまう。労働改造所（労改）とは、ナチスのユダヤ人収容所やソ連のラーゲリを極点におく20世紀の強制収容所の、中国（文革）ヴァージョンである。一心は、最初は、ダム建設のための厳しい肉体労働を強いられ、後に、さらに奥地の労改に送られ、羊飼いの仕事をやらされた。

そこで、一心は、同じように「囚人」として羊飼いの仕事をさせられていた黄書海と出会う。黄書海は、日本にいた華僑で、新中国の誕生とともに帰国してきた男だ。一心は、黄書海に「母国語を知らないことは、人間として不幸なこと、恥だよ」と言われ、彼から日本語を習うことにした。一心は、不注意から負った怪我が原因で破傷風にかかり命を落としそうになるが、巡回医療隊の看護師江月梅によって救われた。月梅は、匿名の手紙で陸徳志に一心の所在と状況を伝えたため、徳志は初めて、一心が冤罪で労改に収容されていたことを知る。陸徳志は、命がけで、北京の人民来信来訪室に直訴し、一心の釈放を嘆願した。一心の親友で人民解放軍の幹部になっていた袁力本の助けもあって、この嘆願は受け入れられ、一心はついに解放された。労改に送られてから五年半後のことだった。一心は、江月梅と結婚する（月梅の父も文革の犠牲となって自殺している）。

陸一心は、中日共同の大プロジェクトである製鉄所建設チームの一員に加えられた。実は、このプロジェクトの日本側の協力者、東洋製鉄には、一心（というか勝男）の実父、松本耕次がいた。松本は、上海事務所長として、このプロジェクトに参加する。つまり父子は、互いに父子であると自覚することなく、同じプロジェクトで仕事をしていたのだ。松本は、敗戦後満州で消息を絶った妻子をずっと探していた。ようやく松本が、長女（一心の妹）のあつ子（中国名は張玉花）を見つけ出し駆けつけたのは、寒村の貧農に嫁いでいたあつ子が、過労の末に患った病によって、四十一歳の若さで死んだ直後だった。このとき、あつ子の家で、松本は陸一心に遭遇する。一心の方は、少し前に——月梅が巡回医療中にあつ子を偶然見つけたために——妹のもとにたどり着き、彼女を必死に看病していたのだ。一心と松本は、初めて互いが親子であったことを知る。

一心は、このプロジェクトの中で日本に長期出張した際、実父の松本耕次の家を訪問し、母たちを祀る仏壇に線香をあげた。しかし、一心に嫉妬する同僚――趙丹青の夫――の奸計で機密書類を失った一心は、日本側のスパイに仕立て上げられてしまう。彼はプロジェクトから外され、内蒙古の僻地にある製鉄所に左遷させられた。失意のために一度はやる気を失った一心だがやがて、そこで与えられた仕事に、つまり製品の改良等の仕事に情熱を傾けるようになる。この一心の情熱が、同じように党中央から見捨てられたという絶望感に打ちひしがれていた同僚の情熱をも惹起し、一心と彼らの間に深い友情が生まれた。

一心の左遷から一年半が経ったとき、趙丹青は、彼の左遷は自分の夫の策謀によっていたことを知る。彼女は夫を党に告発し、一心の冤罪は晴れた。一心は再びプロジェクトに復帰した。1985年9月15日、ついに、完成した製鉄所の高炉に火が入った。中日の七年間の共同の事業が完成した。

## なぜ「大地の子」なのか

かなり詳しく『大地の子』の筋を追ってきた。このくらいていねいに確認しておかないと、一心の最後の選択の真の意義を理解することができないからだ。先に引用した、三峡下りのシーンは、今要約した部分のすぐ後に続く。松本耕次と陸一心は、大きなプロジェクトを完遂し、二人だけで長江を下る数日間の旅に出たのだ。「私は、この大地の子です」は、松本の願いへの一心の回答である。旅の中で、松本は、一心に「この辺りで日本へ戻って来てくれないか」「私は、お前と暮したいのだ」と言っていた。一心は、日本の父と中国の父の間で揺れ、苦悩する。その苦悩の結果として出てきた答えが、「大地の子」である。

日本の父をとるのか、中国の父をとるのか、という問いに、「大地の子」と応じることは、直接には後者（中国）をとった、ということである。引用した文章のあとは、次のように続く。「大地の子――、それは日本の父に対する惜別であり、自分自身の運命に対する無限の呼びかけに他ならない。松本は発する言葉もなく、河岸に眼を向けた」。だから、「大地の子」というのは、「中国〔の父〕の子」とも「日本〔の父〕の子」とも断定しにくいので、どちらともつかないごまかしの回答にした、ということではない。それは、はっきりと中国を取るという含みがあり、それは相手（松本）にも伝わっている。小説から直接に読み取ることができる、この点を踏まえた上で、まず二つのことを指摘しておこう。

第一に、陸一心の選択は天羽賢治の選択を、正確に反転させている。天羽賢治は、「アメリカか、日本か」という選択に対して、直接には、アメリカを取ろうとした。アメリカは、もちろん、日本に対して勝者となった国である。中国はどうなのか。ほんとうは、中国も戦勝国の一つだが、日本人は、中国に負けた、とは自覚していない。極端な人になると、中国には勝った、あるいは勝っていたとさえ思っている。少なくとも、大半の人は、中国を、日本との関係で、「後進国」「弱者」等と見てきた。中国に対して友好的であろうとするときでさえも、そうである。日本人は、中国を、援助の対象となるような弱者と見てきたのだ。言い換えれば、弱者や後進国として振る舞う限りでの中国とならば、友好的な関係に入ることができるが、中国が、対等なパートナーとして、あるいは勝者や強者として日本に接してくるならば、そんな中国とは親しくなることができない、というのが日本人の標準的な態度である。[4] それゆえ、「アメリカ/日本」の選択でアメリカをとることと、「中国/日本」の選択で中国をとることでは、――どちらも「日本ではない方」をとっている点で共通してはいるが――日本を拒絶するベクトルが互いに反対を向いている。

第二に、一心が、「中国の子」とか「陸徳志の子」だとは言わず、「大地の子」と言ったことの意味を考えなくてはならない。もしこの場面で、陸一心が、「私は、中国〔人〕の子です」と言っていたら、この部分はたいして感動的な場面にならなかっただろう。大地は、日本であるとか中国であるとかという局所性の否定であり、どの特定の「祖国」とも同一視できない、普遍的な帰属の場である。重要なことは、その普遍的な帰属の場である「大地」は、(陸一心にとっては)「日本/中国」という選択において後者をとることを通じてしか、到達できない、ということである。どうしてなのか。どうして、はじめからいきなり、日本と中国という「二つの祖国」を超える包括的な場をとることができないのか。

まず確認しよう。日本の父に、日本に戻って欲しいと請われたとき、陸一心がこれを拒否し、あえて中国に残る方をとることは、常識的には不合理な選択である。松本耕次は、優れた立派な人である。陸一心くらい有能で、日本語もできれば、日本でよい仕事を得ることもできただろう。それに対して中国ではどうだろう。陸一心は、ただ日本人であるというだけで、中国社会から二度、完全に排除され、社会的に抹殺されかかった（文革と左遷）。今後も同じようなことがないという保証はない。ならば、日本の父の求めに応じて、日本に行ったほうがずっと得ではないか。

だから、陸一心の選択は、ある意味で不合理なものだ。小説は、この不合理な選択を、個人の心理として納得できるように描かなくては、まったくリアリティを欠いたものになる。『大地の子』は、その点では成功している。陸徳志をはじめ、陸一心を心から愛し助けた何人かの中国人をていねいに描き、ありそうな人物として造形しているからである。もし一心ではなく、あつ子の方が、同じような選択をしたら、父の申し出を拒否して中国に残ると言ったら、読者は、納得できなかっただろう。しかし陸一心の選択には、読者は共感するだろう。陸徳志のあれほどの恩愛を裏切ることができようか。

とはいえ、陸一心の選択は、「損得」の観点からはやはり不合理である。陸一心を救ったのは、国家や党としての中国ではなく、何人かの個人に過ぎないからだ。では日本はどうか。国家としての日本は、陸一心のような戦争孤児を見捨てた。しかも何度も。まず、満州を楽土であるかのように宣伝し、そこに追いやったときに。そして何より、敗戦後に中国大陸に彼らを残したときに。さらに加うるに、孤児たちを探し出すのがあまりにも遅かったという意味でも。だから、日本としては、今さら、日本に戻ってくれとは言えない状況にある。ならば、中国の方はどうなのか。中国という国家は、孤児を救ったのか。そうとは言えまい。陸一心のこれまでの人生がそれを如実に示している。繰り返せば、彼は、中国で二度も排除され、もう少しで抹殺されるところだったのだ。

どうして、中国（の父）を選択することを媒介にしてのみ、「大地」という普遍性に属することができるのか。まず、中国人、日本人等々のすべてのナショナルな所属を包摂する抽象的なアイデンティティという意味での普遍性など存在しない、ということを自覚すべきだ。確かに、観念としては、日本人、中国人を超えるアジア人だとか、すべての国籍を包摂する地球人とか、といったものを措定することはできるが、人々が心底からそれに同一化できる社会的実体としては、そんなものは存在しない。ならば、「普遍的な人類のようなものは存在しない。あるのは、日本人、中国人、アメリカ人……等々だけさ」という態度が正しいのか。これも違う。普遍性というものは存在する。ただし、それは、すべてのナショナルな所属を包括する抽象的な同一性としてではなく、日本人でもない、中国人でもない、等々という否定性・差異性において存在するのだ。

どのようにしたら、こうした差異性が社会的に実質をもつのかを考えると、「大地の子」の意味がわかる。社会的秩序の中で排除されている者、社会の中に安定した居場所を与えられていない者、そういう者にあえて同一化し、そのようなあり方こそが「すべて」であるという態度をとること、それこそが、差異性としての普遍性を実効的なものにする唯一の方法である。排除されているという事実が、中国人でも日本人でもないという差異性を表現するからだ。中国人の中の日本人戦争孤児という立場は、このような排除されたポジションの典型である。陸一心は、そのようなポジションを引き受けることで、「大地（普遍性）の子」となりえているのだ。

なお納得できない人は、逆のケースを考えてみるとよい。たとえば『二つの祖国』の天羽賢治が、アメリカ人にしっかりと受け入れられ、誰からも尊敬される地位を得たとして、その上で、彼がこう言ったと想像してみよう。「私は、アメリカ人であることを通じて、地球の子、地球人である」と。実際にもアメリカは、地球の代表者のように振る舞っている。われわれはしかし、このような態度に胡散臭いものを感じるだろう。おまえは「地球」を代表しているような顔をしているが、ほんとうは、アメリカの特殊利害を代弁しているだけだ、と。しかし、これとは対照的に、陸一心が、あえて中国への回帰を選び、大地の子だと叫んだときには、われわれはここに深い真実があるのを実感する。

ＮＨＫが制作し、１９９５（平成７）年に放送されたテレビドラマ版には、こうした作品の精神を延長し、純化させたラストがさらに付け加えられている。[5] 陸一心は、かつて左遷されて送られた内蒙古の製鉄所に、今度は自ら志願して異動するのだ。そこにはかつての仲間がいて、一心の帰還を歓迎する。これこそ、排除されている者、場所をもたない者との同一化によって、「大地の子」になるシーンでなくて何であろう。

---

1　『不毛地帯』の結末で、壹岐は、近畿商事を辞し、再びシベリアに向かう。シベリア抑留で死んだ同胞の慰霊のためである。

2　「やつらに勝てないのなら、やつらの仲間になってしまおう」という作戦の、歴史的に非常に有名な実例は、フランス第三共和制の大統領だったアルベール・ルブランのやり方だ。ナチス・ドイツが破竹の勢いでフランスに侵攻してきたとき、ルブランはすぐに降伏し、ナチスの味方になった。こうしてできた傀儡政権がヴィシー政権である。言うまでもなく、ルブランのこのときの態度は、戦後厳しく批判され、フランス現代史の汚点と見なされている。

3　一般には「残留孤児」という語が使われている。しかし、山崎はこの語を嫌っている。残留孤児というと、孤児たちがまるで自ら進んで残留したかのような印象を与えるからだ。彼らは、やむなく中国に残された。要するに日本によって捨てられたのである。

4　靖国問題で中国政府が日本にクレームをつけると日本人が不愉快に思うのは、中国が勝者としてふるまっているからである。ところで、アメリカのピュー研究所が、2013年に世界37ヶ国で実施した国際比較調査は、驚くべき結果を示しており、それが、われわれが本文で述べたことを裏付ける証拠になっている。この調査は、アメリカへの好感度と中国への好感度を比較することを目的としている。アメリカが好きかどうか、中国が好きかどうかをそれぞれ独立に質問し、「アメリカ好きの比率―中国好きの比率」を国ごとに比較しているのだ。当然、親米度が相対的に高い国もあれば、逆の国もある。全体としては、やや親米度の方が高い。この調査によると、日本はダントツで、親米度が親中度に勝っている。言い換えれば、日本人の嫌中度が極度に高いのだ。中国を好きだとする者の比率が、ほとんどの国で40～70％だが、日本だけ、たった5％しかない（大澤真幸「日本人の空威張り」木村草太編著『いま、〈日本〉を考えるということ』河出書房新社、2016年）。では日本人はずっと前から中国人が嫌いだったのか。そんなことはない。内閣府の調査によると、1980年に中国に親しみを感じると答えた日本人は、8割近くいた。中国嫌いが日本で急増したのは、21世紀になってからである（橋爪大三郎・大澤真幸・宮代真司『おどろきの中国』講談社現代新書、2013年）。要するに、弱い中国が好きだが、強い中国は嫌いなのだ。

5　前章で述べたように、『二つの祖国』も、NHKでドラマ化（『山河燃ゆ』）されているが、原作小説版とドラマ版の間には、基本的なモチーフに違いがある。賢治の自殺の動機も、異なっている。それに対して、『大地の子』のドラマ版は、原作の精神に実に忠実である。

# 第十一章　太陽の光は遍く

## 例外的な作品

戦争（第二次世界大戦）が主題や背景になっている山崎豊子の長篇小説は、戦争三部作だけではない。『不毛地帯』以降のすべての山崎豊子の作品、遺作『約束の海』も含むすべての作品が、戦争を扱っている。が、ひとつだけが例外だ——という印象を与える。例外は『沈まぬ太陽』である。山崎豊子は、1970年代中盤以降、亡くなるまでのおよそ四十年間に、戦争三部作と未完の遺作を含めて六本の長篇小説を書いた。その中の五作は、明示的に戦争に関係している。しかし、『沈まぬ太陽』だけは、「戦争」が前面には現れていない。

われわれは、山崎豊子が、まさに「男」と見なしうる男を造形できたのはなぜなのか、を考えてきた。ここまでの考察が示唆してきたことは、負け方——総力戦の負け方——に鍵がある、ということだ。敗北を否認も欺瞞もなしに受け取ることは、非常に難しい——ということが日本の戦後史を見直すとよくわかる。山崎は、敗北を正面から受け止めた——ときに受け止めざるをえなかった——男たちを描いた。そのとき、はじめて「男」が、善や正義の側に立つ「男」が生まれた。このように論じてきたわけだが、『沈まぬ太陽』の主人公、恩地元は敗戦ということにそれほど深く関わってはいない。だが、彼もまた男の中の男である。とすると、ここまで述べてきた提題を修正しなくてはならないのだろうか。私の考えでは、そうではない。

＊

『沈まぬ太陽』は、ナショナル・フラッグ・キャリアであることを誇る航空会社、つまり日本航空――小説の中では「国民航空」――と、その労働組合をめぐる物語だ。主人公の恩地は、労働組合の委員長を務めたことがある人物である。物語の中に、１９８５（昭和60）年の日航機墜落事故、つまりジャンボ機が御巣鷹山に墜落し、５２０名もの犠牲者を出した事故のことが組み込まれている。１９９５（平成７）年から99年にかけて週刊新潮で連載された後、単行本化された。全体は、三篇に分かれている。アフリカ篇、御巣鷹山篇、会長室篇である。この流れにそってプロットを紹介しておこう。

アフリカ篇は、恩地が、ケニアのサバンナで、象を狙う猟をしているシーンから始まる。アフリカ篇の大半は、この１９７１（昭和46）年の時点からの回想である。その十年前、恩地は、国民航空労働組合の委員長として、同輩で副委員長でもある行天四郎とともに、会社の経営陣と、労働者の待遇改善や安全対策の強化を求めて、闘っていた。経営側の戦術を決めているのは、労務担当に着任したばかりの堂本である。恩地ら組合は、のらりくらりと労使交渉を引き延ばす経営側に対抗すべく、首相フライトに合わせて、ストに打って出た。結局、ギリギリのところで経営側が譲歩したので、首相フライトを阻止するまでには至らなかったが、このストライキを主導したと見なされたことが、恩地のその後の人生を大きく規定することになる。

恩地は、このことへの報復人事として、僻地へと飛ばされた。まずはパキスタン（カラチ）、そしてイラン（テヘラン）、最後にはまだ路線すらないケニア（ナイロビ）へ。会社には僻地勤務は二年という内規があったが、恩地の盥回し的な左遷は、この内規を無視して、十年にも及んだ。その間、実母は死んだ。テヘランまで一緒だった妻子も、ナイロビまでは同行できず日本に戻ったため、恩地と妻子は、遠く離れて暮らさざるをえなかった。その間、日本国内では、会社経営陣は、会社に従順な新労組を結成させ、旧労組のメンバーを露骨に冷遇する差別人事によって、その切り崩しを図った。恩地は、やりがいのある仕事がほとんどなく、だんだんと狩猟などに溺れていく。これと対照的なのが、行天だ。彼は、堂本にまるめこまれ、会社に詫びを入れ、経営陣側に寝返ったのだ。同じ海外勤務でも、行天の行き先はアメリカの支店で、彼は出世の階段を邁進していた。しかし、その頃、国民航空の飛行機の事故が連続していた（アメリカ、インド、ソ連と）。恩地のケニア勤務は、ナイロビ就航が実現するまでとされていたが、会社が方針を変え、これを断念したため、恩地は、絶望の淵に沈み、堂本らへの憎悪の念を深めていった。

国民航空の連続事故を背景として開かれた衆議院交通安全対策特別委員会で、参考人として招致された（恩地の後任の）労組委員長沢泉が、恩地への差別的な人事について証言した。このことがきっかけとなり、東京都の労働委員会も、国民航空の恩地への処遇を不当と認めた。こうして、１９７４年、およそ十年ぶりに恩地は、日本に戻ることができた。

以上がアフリカ篇である。次の御巣鷹山篇は、ジャンボ機墜落事故とその後の対応の物語である。１９８５年８月12日の夜に事故が起きたちょうどそのとき、国民航空は三十五周年のパーティを開いていた。堂本は、すでに社長の座――しかも天下りではない初の社内生え抜きの社長――に就いている。帰国後もつまらない仕事しか与えられてこなかった恩地は、事故の後には遺族係に任じられた。御巣鷹山篇（とこの後の会長室篇）では、行天たち国航の執行部の遺族への非人間的な対応（問題を金だけで解決しようとする態度、機械的な謝罪、遺族会の分断工作等々）と、遺族側に立った恩地の対応とが、クリアに対比される。恩地は、遺族たちから絶大な信頼を受ける。

続く会長室篇は、御巣鷹山事故を受けての、国民航空の組織立て直し問題を扱う。利根川首相は、この問題を解決できる人物として、関西紡績会長国見正之に白羽の矢を立てる。このとき、首相の意向を受けて直接国見を説得したのは、元大本営参謀で首相のブレーンとなっていた龍崎である。国見は、最初これを固辞するが、龍崎の「お国のために」の一言に動かされ、「会長」として国民航空の立て直しの指揮をとることを引き受ける。運輸大臣や運輸族議員の意向を無視して、国航のトップを決めるのは、異例の人事である。もちろん堂本は、事故の責任をとって社長を辞めたが、行天は、このとき常務に抜擢される。そして、恩地は、国見に請われて、新設の会長室の部長に就任した。

会長室篇では、国民航空の組織的な腐敗がいくつも暴かれていく。とくに大きい問題は二つ。第一に、系列ホテルの乱脈経営とホテル買収をめぐる怪しげな価格操作。第二に、ドルの極端に長い（十年）先物予約問題。前者に関しては、恩地が、ニューヨークに飛んで背任の証拠を摑んできたため、国見は、ホテルを経営する国航開発社長を解任に追い込むことに成功する。しかし、後者に関しては、利根川首相周辺の政治家が、疑惑が表沙汰になることを嫌ったため、閣議決定を通じてうやむやにされてしまう。あまりにも生真面目に腐敗を追及し、取り除こうとする国見は、利根川首相や龍崎等に煙たがられ、突如、更迭されてしまう。

行天と恩地はどうなったのか。行天は完全に失脚した。彼は、株主優待券を換金して裏金を作っていたのだが、そのために使い走りにされていた人物が自殺と同時に、このことを告発する文書を東京地検特捜部に送ったのだ。恩地は、遺族係への復帰を望んでいたが、国見の更迭と同時に、再びナイロビ勤務を命じられる。しかし、アフリカに向かう恩地の心境は、最初に勤務していたときとは違って、前向きである。こう結ばれる。「何一つ遮るもののないサバンナの地平線へ黄金の矢を放つアフリカの大きな夕陽は、荘厳な光に満ちている。それは不毛の日々に在った人間の心を慈しみ、明日を約束する、沈まぬ太陽であった」。

## 「男／女」の位置の逆転

かなりていねいにあらすじを記した。ここからすぐに気づくことは、この長篇は、二つの独立の物語を接合している、ということだ。会長室篇の組織改革の試み（と挫折）は、御巣鷹山事故に起因していると考えれば、アフリカ篇だけが別の話に見えてくる。あるいは会社の経営陣と労働組合の闘争の物語として読めば、アフリカ篇と会長室篇をつなげることができるが、今度は、御巣鷹山篇が浮いてしまう。恩地元のモデルになった人物（小倉寛太《ひろた》郎《ろう》という日航社員）の実際と対応づけるならば、アフリカ篇と会長室篇で十分だということになる。要するに、この長篇は、二筋の物語を、強引に結びつけているような印象を与えるのだ。

ここから、われわれは何を導き出せばよいのか。おそらく山崎は、御巣鷹山事故のときに遺族側に立って親身になって対応した国航社員が、その後の組織改革において枢要な役割を担った、という物語を書きたかったのだ。であれば、一見、御巣鷹山篇—会長室篇だけで十分であるように思えるのだが、この物語を成り立たせるためには、長いアフリカ篇を必要とした。どうしてなのか。

まず、山崎の過去の作品の登場人物との対応を見ておこう。この小説の筋の全体を、恩地と、彼の同期で労組では副委員長を務めた行天四郎との対立が通奏低音のように貫いている。行天は、労組の幹部だったにもかかわらず、労務担当役員に——後に社長になる堂本に——籠絡され、労組の解体の工作を行う。会社寄りの第二組合を作って、もともとの労組を分裂させ、弱体化させる上で中心的な役割を担ったのは行天だった。この功績が認められ、行天は順調に昇進していく。あらすじの中で紹介したように、行天も海外勤務を経験するが、彼の勤務地は、恩地とは反対に、最も日の当たる場所、アメリカの支店だ。行天は、出世街道の真ん中を走ったのである。だから、行天と恩地では、社内のポジションという点では、ほとんど天国と地獄ほどに離れてしまった。しかし、行天はいくら差がついていても恩地をライバル視しており、恩地のことが気になって仕方がない。

行天は自分の出世を第一とし、ときには仲間や自分をとりたててくれた上司すらも裏切る利己主義者として描かれている。その意味で、行天四郎は、『白い巨塔』の財前五郎の末裔である。

善人の恩地は、里見に対応している。つまり、二つの作品の間で、

財前：里見＝行天：恩地

という等式が成り立っている。だが、二項のうちのどちらが「男」なのか、という点を見ると、左辺（『白い巨塔』）と右辺（『沈まぬ太陽』）では異なっている。左辺では、「男」なのは前項（財前）であり、右辺では逆に後項（恩地）の方だ。里見は善人だが、悪を代表する財前と対比すると、フェミニンだという印象を与える。だが、『沈まぬ太陽』では、悪の側を代表している行天は、恩地に比べると女々しい。[1]「男／女」の位置が逆転するのだ。どのようにして逆転が生じたのか、が重要である。

## 恩地とムッシュ・クラタ

恩地は、実際、「男」の定義と完全に合致する人物だ。「男」かどうかは、「すべて」を得るために、「すべて」を否定するような逆説をも引き受ける用意があるかどうかで決まる（第六章）。たとえば、恩地元は、家族を、妻や子を、そして実母をたいへん深く愛する人物として描かれている。彼は、妻や子を幸福にするために、あるいは母を安心させるために、何でもやろうと思っているに違いない。しかし、彼が意地を通し、行天とは違って決して国航経営陣に妥協せず、断じて謝罪すまいという態度を貫いたことが、家族の不幸を招いてもいる。妥協すれば、彼は、日

本に呼び戻され、妻子や実母と一緒に暮らすことができたはずだからだ。ケニアにいる恩地が、中二の娘純子から「身勝手なお父さんへ」という手紙を受け取る場面は、実に痛々しい。純子はこの手紙の中で、父親がケニアにいるがために、自分の心も家族も「バラバラです」と訴える。あるいは、会社に譲歩しようとしない恩地を残して、妻と二人の子がテヘランを去っていくシーン。恩地は、空港の建物から飛行機に向かって歩く妻の名を呼んだが、彼女は、振り返らない。「その背中は『解りました、あなたはどうぞ、ご自分の信じる道を歩んで下さい』と無言で答えているようであった」。

こうしたことから、恩地は、家族をあまり愛していないから、家族よりも社内での自分の体面を大事にしているから、意地を通している、と考えたらとんでもない誤りである。こう想像してみるとよい。もし、恩地が、家族との幸福な時間を得ることを優先させて、行天と同じように会社に詫びを入れていたとしたらどうだったか、と。われわれは「恩地はそんなにも家族を愛しているのだ」と感動するだろうか。恩地の子や妻は、「お父さん（夫）は私たちをそれほど愛してくれた」と喜んだり、尊敬したりするだろうか。逆ではないだろうか。家族を犠牲にしてまで、信念を貫く恩地に、われわれは、むしろ鬼気迫る家族への愛をも感じないか。妻や子は、そのような夫や父を、最初は恨めしく思うかもしれないが、やがてはむしろ尊敬し、父（夫）がそのように振る舞ったことに深い満足を覚えるのではないか。「すべて」を得るためには、「すべて」を否定する要素をも引き受けなくてはならなくなる、とはこのような状況を指している。

山崎に『ムッシュ・クラタ』（昭和40＝1965年）という中篇小説がある。山崎作品としては短く、内容も地味なので、広くは知られていないし、映像化もされてはいないが秀作である。この小説が、ここに述べてきたことの傍証となる。この小説は一人称で書かれている。「私」が、かつて勤めていた毎朝新聞大阪本社で上司だった倉田玲の葬儀に参列したところから始まる。倉田は、何もかもフランス風を気取った紳士だったために、「ムッシュ・クラタ」と呼ばれていた。「私」は、一度食事をともにしたくらいで、倉田のことをよくは知らなかったのだが、葬儀で彼に興味をもち、数名の参列者と連絡をとり、彼についての話を聞くことになる。倉田についての複数の証言が、この小説の本体である。四人の人物の話や手紙から、「私」は、倉田が、学生時代からフランスの文化・文学に熱中していたこと、パリの特派員だった時代には、学芸関連のユニークな記事を書くことで知られていたこと、書物を熱愛し、戦争中は、フィリピンで敗走中の日本軍の中でも本を読み続け、その大切な原書の保管を現地の教会に依頼するような人物だったこと、等を知る。最後に、「私」は、倉田の未亡人に会いにいく。倉田の家は、予想に反して、かなり地味なものだった。そこには、倉田の娘もいた。

「私」は、未亡人と娘から、倉田の生い立ちや彼の生活ぶりなどについて話してもらった。倉田は、高額の洋書を買い集めたり、妻子を残してパリに単身赴任してしまったり、ダンディズムにこだわった豪勢な接待や遊びで会社に多額の借金を負ったり、と家族に非常な苦労をかけてきた。にもかかわらず、妻も娘も倉田を憎んでいない。それどころか、逆に、二人は、まさに、この性質のゆえに、夫・父を愛しているように見える。未亡人は、倉田が妻子を忘れてパリで生活しているときの状況について、「西洋かぶれとかで片付けてはしまえない、何か厳しい凄じいものがある」と語り、娘は、「父ほど自分の人生を純粋に誇り高く生きた人間はない」と微笑む。

倉田のフランスと恩地のアフリカを対応させてみるとよい。もちろん、倉田は、恩地とは違って、会社から差別されているわけではなく、左遷されてパリにいったわけではない。逆に、パリは、彼が望んで向かった場所である。だが、どちらの男も、「大義」のために家族を犠牲にしている。しかし、二人とも、このことによって家族に憎まれたり、見捨てられたりはしていない。逆に、このことが、家族にとっても、「男」としての魅力のポイントになっているのだ[2]。

もう一度、考察の焦点を、『沈まぬ太陽』の方に合わせることにしよう。繰り返し強調しておけば、『白い巨塔』と『沈まぬ太陽』を比較すると、「善/悪」と「男/女」の対応が逆になっている。ここでまず仮説的に述べておきたいことは、もし『沈まぬ太陽』が、御巣鷹山篇から後だけで構成されていたとしたら、そのような話にリアリティを与えようとしたら、この小説は、『白い巨塔』と同じような話になっていたのではないか、ということだ。御巣鷹山の遺族に同情的な恩地に対して、読者は、かつて里見に感じたのと同じように、「いい人なんだけれど……」という印象をもっただろう。行天や堂本の迫力にはとうてい拮抗できない、と感じたことだろう。そうならないためには、おそらくアフリカ篇が必要だったのだ。どうしてだろうか。

### 戦争の影

この章の冒頭で『沈まぬ太陽』は、戦争(敗戦)との関係が希薄だと述べた。しかし、『沈まぬ太陽』にも、戦争が影を落としている、ということを確認しておきたい。たとえば、アフリカ篇の早い段階で、敗戦のとき十四歳だった恩地少年のことが回想されている。彼は軍国少年だったそうだ。しかし、8月15日に玉音放送を聞いて、彼は、特攻隊員となって死んでいった従兄や上級生を思い、「彼らを死なせた大人たち、権力者たちの云うことは、二度と信じまいと、心に誓った」。恩地の不屈の意志の原点がここにあることが示唆されている。

登場人物の中で、敗戦を最も深く体験しているのは、会長室篇で、恩地以上の主人公とも見なしうる国見である。彼は繊維産業に関わってきた人物であって、航空業界は畑違いだ。そのため、首相からの、「三顧の礼」の喩え通りの丁重な要請を、固辞していた。それなのに、「お国のために」と言われたときに、心を動かされる。どうしてなのか。彼の戦争体験が効いたことが、示唆されている。国見は、恩地より年長なので、戦争中、すでに軍隊にいた。学徒出陣で、[3]松本の連隊に入隊したのだ。結局、彼自身は前線に赴くことなく終戦を迎えたが、彼の同期の多くは「国家の命運を賭した戦場に散って行った」。国見が、「お国のために」に強く動かされるのは、戦場で死んだ同期の仲間の無念を思うからである。

この「お国のために」を口に出して、国見を説得した龍崎一清も、戦争と深く関わる人物だ。彼のモデルは、瀬島龍三である。[4]『不毛地帯』の壹岐正は、瀬島龍三の人生からインスピレーションを得て、造形されたのだった。それにしても、『不毛地帯』では、善のヒーローだった「瀬島」が、『沈まぬ太陽』では、もっと微妙で、両義的なポジションを与えられていることは興味深いことだ。龍崎は、行天や堂本のような、強い「悪」を代表してはいない。龍崎たちこそが、国見を担ぎ出しているのだから。しかし、龍崎は、最終的には、善良な――しかし素朴すぎる面をもつ——国見の足を引っ張り、彼を更迭する側にまわる。龍崎は、壹岐とは違い、全面的に肯定されてはいない。

戦争へと向かう戦前の体制と屈折した関係をもつのは、最初は労務担当の役員として登場し、御巣鷹山事故のときには社長になっている堂本である。堂本は、恩地を「アカ」として徹底的に弾圧する。その容赦なさは、彼自身がかつて「アカ」だったこととおそらく相関している。戦前、東都大学在学中に、堂本は、学内の共産党細胞のリーダーとして、治安維持法で逮捕されたのだ。天皇の名において裁きがくだされる法廷では、「面《おもて》を見せることは許されず、深編笠《ふかあみがさ》をかぶせられ、厳冬でも素袷《すあわせ》に裸足の草履ばき」という屈辱の姿が強いられた。要するに堂本は転向したのだ。堂本の恩地への仕打ちは、次のような暗黙の叫びの表現だと解釈することができるだろう。お前がカッコつけていられるのは、お前が俺ほどには過酷な弾圧を受けていないからだ！　お前をなんとしてでも転向させてやる！　もし恩地がどのような辱めにも耐え、信念を貫き通せば、その態度は、意図することなく、堂本の戦前の転向を批判していることになる。堂本が己の過去を正当化するためには、恩地を屈服させる必要があったのだ[5]。

このように、『沈まぬ太陽』の主要登場人物にも、戦争や敗戦が影を落としている。が、いずれにせよ、この作品は、戦争三部作に比べると、戦争の関係が間接的であることは否めない。敗戦のとき十四歳だった恩地に、戦争や敗戦の責任を、たった一片といえども、帰することはできないのだから。

詫び状は書かない

では、どのように見ることが正解なのか。私の考えでは、『沈まぬ太陽』の真の意味は、これを、戦争三部作の弁証法的展開の最終産物であるところの『大地の子』と重ね合わせて読むことで明らかになる。『大地の子』の陸一心が、どのような苦難を経験したかを思い起こすとよい。彼は、日本人であったがために、文化大革命のとき、辺境の労働改造所に送られ、ダム作りの肉体労働を強いられたり、ほとんど人が訪れることのない草原で羊飼いの仕事をさせられたりしたのであった。陸一心は、最終的に、自ら中国に残ることを決意し、——NHKが制作したドラマ版では——自ら志願して、かつて自分が左遷された内蒙古の製鉄所に赴任するのだった。

これらは、『沈まぬ太陽』のアフリカ篇で、恩地元が国民航空に強いられたことと、よく似ているではないか。もちろん、恩地は、「自由な労働者」だから、暴力的な強制によって、カラチやテヘランに送られているわけではない。しかし、今、会社から逃げない、逃げられないということを前提にすれば、会社の人事異動の命令は、絶対に拒否できない強制である。彼は、懲罰的な意味をこめて、カラチやテヘランといった（日本から捉えたときの）辺境の事業所に収容された。会社を中国一国と類比させれば、これら辺境の事業所を、文革のときの労働改造所に比することができる。陸一心は、冤罪によって、上海で進行していた大プロジェクトから外され、内蒙古の製鉄所に送られた。このとき陸一心が感じた失望は、恩地が、自社の飛行機すらやってこないアフリカの辺地に左遷されたときに感じた落胆や意気消沈と似ていたに違いない。結末では、かつて強制的に行かされていた僻地に、いくらかの積極性をもって自ら向かおうとする、という点でも、『大地の子』と『沈まぬ太陽』は共通している。

つまりこういうことである。『沈まぬ太陽』は、『大地の子』の続篇として読むことができるのだ。敗戦時に中国に棄てられた孤児の人生を、日本の戦後のサラリーマンの人生に写像したらどうなるのか。それこそが、アフリカ篇に描かれた酷薄な人事差別である。前章で、中国に残された戦争孤児は、日本の敗北ということを、最も容赦のない悲惨な水準で体験せざるをえなかった者たちだ、と述べた。そうだとすれば、『沈まぬ太陽』は、労働組合の、会社経営陣との闘争、その挫折、その後の報復的な差別というストーリーによって、敗戦の体験の「意味」だけを、直接の敗戦とは独立に抽出した、と解釈することができる。このように見れば、恩地もまた、敗戦ということを掛け値なしに引き受けた「男」たちの列に加えることができる。

アフリカ篇の中で、こんな場面がある。カラチ支店にいる恩地のところに、八馬労務部次長が訪問した。八馬は、恩地の前任の労働組合委員長で、委員長の地位を強引に恩地に押し付けた上に、掌を返したように寝返り、恩地たちとの労使交渉で、平然と経営側の席に着いた人物である。八馬は、行天とともに、恩地の志操堅固さを際立たせるための対立項だ。その八馬は、恩地に、自分宛に詫び状を書けば、本社に管理職として戻してやる、と提案する。もちろん恩地は、これを拒否する（そして、この後、テヘランへの異動が命じられる）。もしここで恩地が詫び状を書いていれば、それはとてつもない欺瞞であっただろうし、詫び状には空疎な嘘が書かれていた、ということになっただろう。

この場面を読みながら、ほとんどの人は、恩地に共感し、「私だってそうする」と思うだろうが、しかし、このような場面で、あっさりと詫び状を書いたのが、敗戦後の日本人だったことに思い至るべきである。誰に宛て詫び状を書いたのか。もちろんアメリカに、である。敗戦後の日本に、アメリカは、こう言った（ような気分に日本人はなった）。すぐに詫び状を書けば、一流国仲間に戻してやる、と。だが、仮に自分が過ったと思ったとしても、あまりにも早い謝罪やあまりにも早い反省は、むしろ謝罪や反省の自己否定になる。速やかに書かれすぎている詫び状は、真に深い悔恨のないことの、そして十分に徹底した批判を経由していないことの証拠だからである（第八章参照）。八馬の誘いを拒否したとき、恩地は、戦後の日本人が敗戦時にとった道とは異なる道を選んだのである。

陸一心はあの後どうなるのだろうか。それを知りたければ、『沈まぬ太陽』を読めばよい。陸一心の「その後」を、「そのまま」ではなく、日本の戦後のサラリーマンの人生に写像させたかたちで見出すことになる。念のために、ここまでに何度も強調してきたことを再確認しておこう。山崎豊子が、このようなことを意図し、計画して実現したわけではない。夏目漱石は、『それから』や『門』を、少しばかり人物や設定をずらした『三四郎』のその後のつもりで書いたが、山崎は、『沈まぬ太陽』を『大地の子』の続篇として意図したわけではない。彼女の無意識の欲求、無意識の探索が、結果として、『大地の子』に接続するような作品として『沈まぬ太陽』を彼女に書かせたのである。

## 太陽は大地を照らす

だから、『大地の子』で言えることは、『沈まぬ太陽』でも妥当する。前者において、「大地」という普遍的な場に所属するためには、「日本／中国」という対立で、中国の方をまずは選択しなくてはならない、という原理を説明しておいた（前章）。このときに働いていたのと同じ論理から、なぜ恩地が、国航社員の中で恩地だけが、御巣鷹山事故での被害者への対応が異なっていたのか、が説明できる。

この事故では、当然、会社（国航）と遺族とは利害が対立している。『沈まぬ太陽』は、会社の一員である恩地が、会社のためによく頑張った、という話ではない。未曾有の事故があったが、会社を潰さないように努力した、ということが立派なわけではない。恩地は、会社員でありながら、この対立の中では遺族の側にいる。そのことを通じて、恩地は、会社の利害ではなく、普遍的な正義を代表している。

問題は、なぜ恩地にだけそれができたのか、である。恩地だけがそのように行動したという話にリアリティを宿らせたものは何か。恩地が、会社の一員でありながら、会社から完全に見捨てられていたこと、ここに鍵がある。普遍性は、この見捨てられているという境遇、組織の一部でありながら、その中で積極的に承認された地位をもたずに排除されているという境遇、このことのうちに宿る。御巣鷹山で無念のうちに死を迎えた者、そして取り残されてしまった遺族は、恩地と同じように見捨てられた者たちである。恩地は、このレベルで、遺族と共感することができたのだ。恩地だけが、遺族との利害対立を越えて、普遍的な正義の場に入ることができたのはこのためである。

沈まない太陽は、大地と同じように普遍性の象徴である。大地の中の特定の場所だけで見れば、太陽は必ずいずれ沈む。しかし、大地の全体で考えれば、太陽は決して沈まない。見捨てられた者たちに対しても、太陽は遍《あまね》く光を与え続ける。

1　何度も述べたように、ここでいう「男」「女」は、ジェンダーについてのステレオタイプである。現実の性的差異とは合致しない。たとえば、女が「男」であったとしても、どこにも矛盾はない。

2　『ムッシュ・クラタ』は、死後、倉田の書斎を整理していると、真っさらの原稿用紙一千枚が出てきたという話で終わる。

3　ということは、国見は作者山崎豊子とほぼ同世代に属していることを意味する。

4　山崎豊子の長篇小説は、現実に取材して作られているので、簡単に実在の人物と対応づけることができる。利根川首相は中曽根首相で、副総理の竹丸は金丸信で、国見はカネボウ会長だった伊藤淳二で、等々といった具合にである。しかし、こうした対応づけに、大きな意味があるとは思えない。そんな対応づけをするくらいだったら、小説など読まずに、現実を見ればよい、ということになるだろう。小説が現実以上の真実を表現していると解釈できるとき、小説で読むことの意味が出てくる。それを単純に現実に差戻すだけでは、そうした真実を浮上させることはできない。

5　堂本のこの思いに応えて、あっさり転向したのが行天である。だから行天は堂本のお気に入りになる。行天がはじめから非組合員であったり、末端的な組合員に過ぎなかったりしたら、堂本にそれほど愛されることはなかっただろう。熱心な組合員だったのに利害打算から転向したこと（カントの第一の悪に対応。第六章参照）が重要だったのだ。ちなみに、行天は、この小説の主要登場人物の中で唯一、対応する実在の人物をもたない。それは、他の人物よりも行天の仮構性が高いからではない。逆に、行天こそが、ほとんどすべての人の現実に近いからである。

# 第十二章　反復による成熟

## 外務省機密漏洩事件

『沈まぬ太陽』は、戦争への言及が明示的ではなく、『不毛地帯』以降の作品としては例外的に見える。前章で、このように指摘した。晩年の二つの長篇で、戦争という主題が再び、はっきりと目に見えるかたちで帰ってきた。まず『運命の人』は、『文藝春秋』で2005(平成17)年1月号から2009年2月号まで連載され、2009年のうちに、四分冊の単行本として出版された。この作品は、山崎にとって、完成まで至った最後の作品となった。

『運命の人』は、沖縄返還のときに結ばれた日米の密約を暴こうとするジャーナリズムと国家権力との闘争をテーマとしている。こう紹介すれば明らかなように、その内容は、いわゆる西山事件を連想させるものになっている。沖縄返還は、もちろん、太平洋戦争に原因がある。つまり、沖縄の施政権が二十七年間もアメリカに帰属しており、1972(昭和47)年になってやっと日本に返還されなければならなかったのは、太平洋戦争で日本がアメリカに負けたからである。沖縄に在日米軍基地が集中しているのも、また日米安保条約そのものも、その源泉に遡れば、すべて太平洋戦争の敗戦がある。この意味で、『運命の人』は、戦争三部作に劣らず、はっきりと戦争を主題としている。

物語の端緒は、沖縄返還のおよそ一年前、昭和46（1971）年5月に置かれている。主人公の弓成亮太は、三大全国紙のひとつ毎朝新聞の政治部の記者である。彼は、沖縄返還交渉の過程で日米の間にある密約があったことに気づき、それを暴き、佐橋内閣の不当性を広く訴えようとする。それに対して、政府側は、密約の存在そのものを否認しようとする。この攻防が物語の骨格をなしている。

弓成は、記者として、外務省の（次官に次ぐ）ナンバー2安西審議官の部屋に出入りしていた。彼は、安西の下で働いていた事務官三木昭子と親しくなり、ある日、彼女を通じて、日米間の密約の存在を証明する機密文書のコピーを入手した。その文書によれば、返還される軍用地の復元補償費四百万ドルを、日本側が肩代わりする、ということが日米間で約されている。復元補償費とは、軍用地をもとの状態にもどすための費用ということだ。アメリカの施政下で、軍用地として使われていた土地は、もともとはたとえば農地であったりする。個人間の土地の貸借においても、地主に土地を返すとき、借りた側は土地を旧に復しておかなくてはならない。これと同じように、アメリカは、かつて農地だった軍用地を、農地として使用しうる状態にもどしてから返さなくてはならない。そのための費用を、土地を借りて使用していたアメリカではなく、返してもらう日本が負担するとすれば、それは、不公正であり、日本にとってはまことに屈辱的だ。

弓成は、この文書をもとに記事を書くのだが、しかし、情報源が特定されてはならないため、あいまいな内容にならざるをえない。この記事はほとんど反響を得られず、不発に終わった。そこで、弓成は、密約に関心をもつ、野党・社進党の代議士横溝宏に、機密文書のコピーを託す。横溝は、昭和47（1972）年3月の衆議院予算委員会で、密約に関して政府を追及した。その際彼は、不用意にも、文書のコピーを示したため、機密文書は、安西審議官のところから漏洩していたことが分かってしまう。

三木昭子は、国家公務員としての守秘義務に違反したとして、自ら警察に出頭した。弓成亮太も警察に逮捕された。弓成への容疑は、「守秘義務違反をそそのかしたこと」である。最初、マスコミ各社は、「国民の知る権利」の大義を前面に出して、弓成を擁護していた。ところが、検察の起訴状に、弓成は三木と「ひそかに情を通じ」とあり、二人の間に肉体関係があったことが明らかにされ、情勢が一変する。「知る権利」をめぐる法と正義の問題が、突然、二人の既婚者の間の不貞の問題へと、つまりゴシップの問題へと転換してしまったのだ。マスコミは弓成をたたき、毎朝新聞の不買運動も広がっていった。

裁判は次のように展開した。弓成は、一審で無罪の判決を得た。しかし検察側は控訴し、二審では逆転し、弓成は有罪とされた。弓成側は上告したが、最高裁はこれを棄却し、弓成の有罪が確定する。刑が確定したのは、昭和53（1978）年5月である。

密約については、しかし、小説の結末近く、つまり単行本の第四分冊の終盤で、琉球大学の我楽助教授が、その存在を示す公文書をアメリカで発見したとの報道が記されており、やはり真実であったことが明らかになる。事件から二十八年後、つまり2000（平成12）年のことである。弓成が暴こうとした国家の秘密は、確かにあったのだ。

*

ここまでの『運命の人』の筋は、現実の西山事件の過程とおおむね合致している。山崎作品の中にわれわれがこれまで見てきた「男」にあたる人物は、この作品では、もちろん弓成亮太である。が、しかし、これだけであれば、読者は、物足りないものを感じるのではないか。弓成は、カッコよく描かれているが、そのカッコよさには、どこか空疎な部分がある。この点を、もう少しだけていねいに分析しておこう。

弓成は、善や正義のために戦っている。しかし、彼の、善や正義への意志は、ほんとうに純粋だろうか。不純さを疑わせることが特段書かれているわけではないが、読者は、そのような疑念をもちうる。「アメリカが使っていた土地を原状に復帰させるための費用を日本が支払うなんておかしい」といった思いが、もちろん弓成にはあっただろう。しかし、それだけか。彼は、たとえば、自分の功名心のためにスクープが欲しかったのではないか。彼は、自分の記者としての成功や出世のためにやっているのではないか。

カントによれば、「最高善」に到達するためになすべきことは、まずは徹底した排除の操作である。何を排除するのか。私的な利害や感覚的な快楽である。「善」や「正義」の名目で、ほんとうは、自分の利益や快楽が追求されているだけではないのか。そうしたものを排除し、純粋にそれ自体のために追求されるのが、最高善である[1]。

弓成が掲げている大義は、この最高善のレベルに達しているだろうか。このような疑問をもちうる。なぜか。もともと、最高善へと到達することはきわめて困難なこと、いやほとんど不可能なことである。もし弓成の行動が、最高善を指向しているという話を書きたいのだとすれば、その（ほぼ）不可能なことを、どうして弓成が、彼だけがなしえたのか、を人に納得させる何かを丁寧に書き込む必要がある。それがない間は、疑念は消えない。

## 主人公が沖縄へ行った意味

が、しかし、『運命の人』は、ここで終わってはいない。先に紹介したのは、この小説の四分の三にあたる。最後の四分の一、つまり四分冊の単行本の最後の一巻にあたる部分は、現実の西山事件とは関係がない、純粋な虚構である。『運命の人』の真の価値は、この部分にある。

弓成亮太は、最高裁で負けたあと、絶望し、やがて沖縄に渡り、そこで暮らす。第四分冊は、沖縄での弓成を描いている。弓成は、沖縄の人々に次第に受け入れられるようになる。その過程を通じて初めて、彼は、沖縄の真の苦しみを知り、理解し、共感するようになるのだ。

たとえば、彼は、太平洋戦争の沖縄戦のことを知る。次の証言は、その一部である。ガマと呼ばれる洞窟があって、沖縄の人々は戦中、米兵から逃れ、そこに隠れた。ガマに隠れていたあるとき、外から、米兵が「殺さないから出て来なさい」と呼びかける声が聞こえるが、誰も出て行かない。そのうち、ガマの中にいた年配者の一人、支那事変に参戦した者が、日本軍が中国人にやった酷いことを、今度はこっちがやられる番だ、と言い出した。するとガマの中の人々の間に恐怖が走り、彼らの多くが、自決へと傾き出した。米兵に強姦されるくらいなら、きれいなまま死にたい、と。この話にはさらに続きがある。ガマに入ってきた米兵が、菓子箱のようなものを差し出した。毒が入っているに違いないと誰も貰わないのだが、どうせ死ぬのなら、と子供に食べさせてみると、子供は死なないのだ。「アメリカーは殺さないよ」と呼んだときには、ガマの奥に残っていた人たちはすでに自決した後だった。[2]

第四分冊のストーリー中に、1995(平成7)年9月の「少女事件」のことが組み込まれている。米兵三人が小学生を車に連れ込み、暴行した、という事件である。このときには、沖縄の人々の、米軍基地への抗議運動は強烈で、県民総意の大規模な運動として沸騰した。事件から一ヶ月半後、10月21日の県民総決起大会には、八万五千人もの人が集まったという。なぜ、この事件は、これほどの盛り上がりにつながったのか。おそらく——これは私の解釈だが——、少女への暴行は、沖縄のすべての人々が、米軍の駐留によって被っている苦難をそこに映し出すような隠喩的な価値をもったからである。沖縄自体が、この少女のように、米軍によって強姦されているようなものだ、と。米軍の駐留によって利益を得ていて、普段は、それをシニカルに肯定している者でさえも、他方では、米軍の駐留に苦痛や屈辱を感じている。そうした苦難をも含めて、少女事件は映し出す媒体としての役割を果たしたのであろう。

この事件に、悲惨と不快を増し加えているのは、犯人を沖縄の警察が逮捕し、日本の司法で裁くことができない、という点である。主権を(部分的に)放棄させられているような状況である。だから、沖縄の人々の怒りは、米軍に対してだけではなく、それ以上に、こうした状況を容認している日本政府と日本人の多数派(本土人)に向けられている。

弓成は、沖縄で、謝花《じゃはな》ミチという女性のガラス工芸職人と知り合う。彼女は混血で、その出自はまことに悲劇的である。母はすでに死に、彼女はずっと、父は米軍のパイロットだったと教えられていたが、あるとき、そうではないことを知った。ミチの母トシは、畑作業中に、三、四人の米兵に襲われ、強姦されたのである。その結果生まれたのがミチだ。彼女の母トシは、95年の事件の少女と同じ悲劇に襲われたことになる。トシは、その後精神を病んだ。ミチは、少女を慰めるために、自作のガラスの花籠を贈った。

トシが襲われたとき、叫び声を聞いた沖縄民警が駆けつけたのだが、彼は、丸腰だったために、「案山子も同然」に傍観しているほかなかったという。この案山子のような人物が、言わば、沖縄である。そして、沖縄が案山子であることを積極的に容認しているのが、日本政府と日本人の多数派だ。

沖縄戦のときのこんな話も記されている。学徒として動員されたが、敗北が決定的になったとき、中隊を率いてきた先生からこう言われた。「もう鉄血勤皇隊の使命も終ったのでこれより解散とする」と。後は好きなように行動せよ、というわけだ。しかし、その学徒は、米軍が至る所にいる状況下で、どうすべきかを「自分たちで考えよというのは拷問にも等しく、『捨てられた』という思いが第一に来た」という。沖縄返還とは、まさにこれである。「もう米軍の施政は終わったので、これより解放とする」。しかし、これが、別の意味では沖縄が「捨てられた」ことにもなるのだ。

### 物語の順序と論理の順序

弓成亮太は、このようにして沖縄の人々の苦しみを知り、彼らの苦しみをともに苦しんだ。さて、ここで気づくことになる。弓成の沖縄体験は、陸一心の文革・左遷の体験と似ている。あるいは、壹岐正のシベリア抑留や恩地元のアフリカ体験に似ている、と。

先に、弓成記者の告発は、純粋な正義・善に貫かれているのか、どうしても疑問が残ってしまう、と述べた。それならば、たとえば国民航空の恩地が、御巣鷹山事件の犠牲者たちの不幸に共感し、(会社の利益のためではなく)犠牲者のために行動しているとき、われわれはどうして、彼の動機・心情に偽善や不純さを感じずに読むことができたのだろうか。それは、恩地自身が、恐るべき人事差別によって、御巣鷹山の犠牲者のそれに匹敵する苦しみを味わってきたからであろう。そういう人物ならば、あのように行動してもふしぎはない、とわれわれは感じるのだ。

するとわれわれは、次のことを理解する。『運命の人』は、物語の順序と論理の順序が逆になっているのだ、と。物語の筋としては、外務省の機密漏洩事件があって、その結末に失望した主人公が、沖縄に向かう、ということになっており、こういう流れに特に破綻があるわけではない。しかし、論理の順序は逆であるべきだったのである。つまり、もし沖縄体験が先にあったとすれば、沖縄体験に匹敵するような価値をもつことを弓成が先に体験していたならば、彼が、密約を暴露する行動において、純粋に善や正義に準拠していた、という話は、そのまま説得的なものになっていただろう。

次のように言ってもよい。この小説は、結末まで行ったあとで、もう一度、最初に戻るようにして読んだときに、その真の意味が理解できるのだ、と。前半に描かれたように弓成が行動できるためには、実は、最後の四分の一に書かれていたような体験が必要だったからだ。弓成亮太は、最後にやっと、ほんものの弓成亮太になっているのだ。

## 「泣き女」のごとく

『運命の人』では、物語の順序と論理の順序が逆立している。それにしても、山崎豊子は、どうして、晩年このような小説を書いたのか。山崎の創作者としての構想力をこのような方向に導く、彼女自身もしかとは自覚してはいない主題、無意識の主題があったからである。私は、このように解釈している。こうした解釈を裏打ちしているのが、山崎の最後の作品、未完の『約束の海』である。

山崎は、『運命の人』で、筆を擱くつもりだったらしい。体力的にはもう限界だ、と。しかし、本人のエッセイや矢代新一郎（新潮社・山崎プロジェクト室長）の文章によると、矢代ら新潮社の編集者が熱心にくりかえし、次作は是非うちから、と山崎に依頼し続けたのだという。[3] 山崎は、最初は固辞していたのだが、突然、あるテーマを提案した。そうして書かれたのが、『約束の海』である。２０１３年８月から『週刊新潮』で連載が始められ、三部の構想の第一部に相当する二十回を入稿した後、山崎は逝った。２０１３年９月29日のことである。享年八十九。

未完に終わったとはいえ、この後すぐに述べるように、山崎には、この作品を書く必然性があった。是非とも書かなくてはならないことだったのである。その意味で、われわれは新潮社の編集部の努力を評価しなくてはならない。彼らの執拗な勧めがなければ、作家の内発的な必然性にそった結果自体が生まれなかったからである。しかし、論理の必然性は、人生の有限性とは合致しない。作品は未完に終わった。

＊

絶筆となった未完の作品で主題になっていることは何なのか。説明しよう。われわれは、山崎豊子の小説を論ずることで、日本の敗戦の意味について考えてきた。白井聡が『永続敗戦論』で詳しく論じているように、日本人は敗戦を否認してきた。敗戦の事実は知ってはいるが、あたかも「それは敗戦ではなかった」かのように振る舞ってきたのだ。それに対して、山崎の長篇小説の「男」は、敗戦をまさに敗戦として、それをいささかも割り引くことなく受け止めてきた者たちである。戦後の日本で「男」になるためには、そのことが必要だったかのように。

しかし、そうすると、多くの読者は、戦後生まれである大半の読者は、こう思うだろう。自分には関係がない、と。自分たちは敗戦したわけではない。終戦のときには生まれていなかったのだから。したがって、敗戦の否認ということもない。敗戦を正面から受け取るという課題も、自分たちには関係ない。……多くの読者は、こんなふうに思うに違いない。だが、そうではないのだ。戦後生まれの者にとっても、このことは問題になる。いや、はっきり言えば、戦後生まれの者にとっては、より解決困難な課題となる。どういうことか。

ひとつの比喩から始めよう。いくつかの民族には、葬儀に「泣き女」なるものがいる。泣き女の仕事は、参列者の代わりに泣くことである。葬儀に列席しても、故人との関係が薄かったりすると、さして悲しみがわかず、涙も出てこないことがある。しかし、葬儀は泣くべきところである。さて、どうするか。心配は無用。泣き女が代わりに泣いてくれるからだ。重要なことは、あなたの代理人が泣いたならば、あなた自身が泣いたことになる、ということである。

こんなことは、未開の心性が有する幻想のようなものだ、と思うかもしれない。しかし、そうではない。現代のわれわれも、「泣き女」に相当するものを日常的に使っている。テレビのバラエティ番組などには、「スタジオのお客様」がいる。彼らは何のためにいるのか。真のお客様は、目下「こちら側」からディスプレイを眺めているわれわれ自身であるはずなのに。彼らこそ、「泣き女」ならぬ「笑い男女」である。彼らは、こちら側にいて番組を観ているわれわれ、ほんもののオーディエンスの代わりに、しかるべきところで笑ってくれているのだ。あなたは、今日、仕事で、笑う元気もないほど疲れているかもしれない。それでも、あなたは、テレビのスイッチを入れ、深夜番組をぼんやり眺めてしまう。すると、画面の中の「お客様」が、あなたの代わりに笑ってくれている。そうである以上、あなたは、いかに疲れて不機嫌そうな顔をしていても、笑い、番組を楽しんだことになるのだ。

要点を確認しよう。今、あなたに対して代理関係にある他者が存在し、その他者が悲しんだり、楽しんだりしている。代理関係があるとは、あなたがそのような他者の存在を前提にした上で、行動している、ということである。このとき、あなたは、自分では悲しいとか楽しいとかという自覚をもたずに、悲しんだり、楽しんだりしたことになる。

このことが、目下の主題、戦後生まれの者にとっての戦争の意味という主題と、何の関係があるというのか。関係はある。大ありである。あなたは、敗戦を否認しているつもりはない。何しろ、敗戦自体を経験していないのだから。しかし、あなたの父母、あるいは祖父母が敗戦を否認したとしよう。われわれは、先行世代の敗戦の否認を、もう当たり前の前提のようにして行動している。父母や祖父母の世代は、われわれにとって、あの「泣き女」「笑い男女」のようなものである。彼らが、敗戦を否認していれば、戦後世代は、自分では自覚をもつことなく、敗戦を否認したことになるのだ。

＊

戦後世代も敗戦を否認しているということは、具体的にはどういうことなのか。『運命の人』で扱われた沖縄密約を例にとって具体的に解説してみよう。沖縄密約の問題点は、日本側が復元補償費を出したということ以上に、このことを日本政府が必死に秘密にしようとしたことにある。なぜ秘密にする必要があったのかというと、この約束が含意している「沖縄を返してもらえるだけでもありがたい（何なら原状に復帰するための費用は私がもちましょうか）」という日本の態度が、アメリカに対してあまりに屈従的だからだ。この屈従が成り立つのは、日本人が、アメリカを「温情的で善意の保護者・救済者」であると、根拠もなく想定しているからだ。このような想定、先ほどまでは敵だった他者を善意の救済者として無条件に認めてしまうこと、これこそ、敗戦を否認する方法だった。

われわれがここで追究すべきことは、さらにこの先だ。西山事件が、法や正義の問題としては盛り上がらず、結局、個人的な不倫事件に堕していったのはなぜなのか。考えてみれば、情報を、「情を通じて」得たからといって、復元補償費を誰が負担するかという問題が小さくなるわけではない。ならば、なぜ復元補償費の問題が個人的な不倫についてのゴシップに格下げされたのか。その最大の原因は、日本政府だけではなく、日本国民自身が、密約が含意しているあの屈従的な態度を自明視し、受け入れてしまっているからだ。これこそ、無意識の敗戦の否認、実際には敗戦していない者による敗戦の否認である。

私は、もっとうがったことすら疑っている。あの約束を秘密にしたかったのは、政府だけではなく、日本人自身だったのではないか、と。自分のことなのに、自分自身に対して秘密にしておきたかったのではないか、と。この事件の主題は、国民の「知る権利」だとされている。しかし、当の日本人は、「私たちはそれを知りたくない」「私たちはそれを知らない者として振る舞いたい」と叫んだのである。日本人は、本来の問題を、別のつまらない問題（ゴシップ）に置き換え、そちらに夢中になることで、「それを知らずにいる」という状態を保とうとした。これは、否認の否認、自分たちが敗戦を否認しているということそれ自体の否認である。

## 反復による救出

山崎豊子の未完の遺作『約束の海』が扱っている主題は、まさにこの問題、戦後生まれの世代にとっての戦争・敗戦とは何か、という問題だ。敗戦のトラウマを、あるいは敗戦の否認を乗り越えることは、実際に敗戦を経験した者にとってよりも、敗戦の後に生まれた世代にとって難しい。前者は、否認の事実を容易に自覚することができるが、後者にはそれが不可能だからだ。後者にとって、敗戦とその否認の経験は、定義上、無意識にとどまる。

『約束の海』の第一部は、1989年に設定されている。主人公の花巻朔太郎は、二十八歳の自衛隊員だ。つまり、花巻は1961(昭和36)年の生まれである。彼は潜水艦「くにしお」の乗組員だ。このことは、花巻が、優秀な海上自衛隊員であることを意味してはいるが、しかし、彼は、弓成亮太のようには描かれてはいない。つまり、花巻は、最初から、完成された「男」であったわけではない。自衛隊にだって、特段の覚悟や深い愛国心があって入ったわけではない。ただ、父花巻和成が、海軍軍人だったことが影響しているのかもしれない、と本人も漠然と感じてはいる。

いずれにせよ、花巻朔太郎は、まだほんものの「男」ではない。そのことを示しているのが、彼が乗船していたくにしおが引き起こした悲惨な事故である。くにしおは、遊漁船と衝突し、三十名もの、民間人の犠牲者を出してしまうのだ。くにしお側だけに過失があったわけではないが、しかし、くにしおの乗組員に、自衛隊員としてのもっと深い自覚があったならば、事故を防ぐことができたかもしれない。少なくとも犠牲者をもっと減らすことができたかもしれない。小説には、このように示唆されている。

第一部は、ここまで終わっている。『約束の海』は、その後、どのように展開するのだろうか。われわれは推測するしかない。幸い、第二部と第三部のシノプシス(梗概)が残されており、手がかりとなる。花巻朔太郎は、第二部ではハワイに渡り、そこで、父和成がどう戦い、どう負けたのかを知り、いわばそれらを追体験することになる。第三部では、花巻朔太郎は、最新鋭の潜水艦の艦長に就任する。多分、ここで、われわれは、成熟した「男」になった朔太郎を見るのであろう。物語のクライマックスの舞台は、東シナ海が予定されていたらしい。

ここにあるのは、反復による成熟という構想である。何が反復されるのか。父の世代の敗戦の体験である。〈今〉の立場からの敗戦の反復、やり直し。この反復（やり直し）が、陸一心の文革体験、恩地のアフリカ体験、壹岐正のシベリア抑留等と同じ意味をもち、主人公を「男」として完成させる。

では、反復の前と後を短絡させ、同一視してしまったらどうなるのか。そのときには、弓成亮太が得られるだろう。沖縄での戦争を追体験し、反復する前から完成してしまっている「男」としての弓成が、である。逆に言えば、弓成の中で癒着している二つの契機——未熟な男と成熟した男——を分解し、反復の体験の前と後とに振り分ければ、『約束の海』になっていたのだろう。この意味で『運命の人』は、未完に終わった『約束の海』の予兆だったとも言える。

『約束の海』第二部のシノプシスの中で、花巻朔太郎が恋人に向けて語ることが予定されている台詞は、こうである。「父が先の戦争で捕虜となって、辛い思いをしたことを、今頃、気付き……。（中略）僕が戦後の自衛隊という組織で、父の挫折した人生をやり直してみようと……」。反復は、父の挫折や無念を救出する。

1　ここで、以前、カントの悪の三類型をはみ出す、純粋な悪ということについて述べたことを思い起こしてほしい（第六章）。それは、最高善と区別がつかなくなった悪である。
2　この話がとりわけ悲惨なのは、日本人が自分たちの軍隊について仮定している「道徳的な水準」が犠牲をより大きなものにしている、ということだ。自国の兵だったらこんなことをするだろう、だから米兵もそうするに違いない、という推論が、犠牲者の数を必要以上に多くしている。米兵は、自国の兵ほどにはひどくはなかったからだ。
3　矢代新一郎「『約束の海』への五年間」（山崎豊子全集『約束の海』所収）新潮社、２０１４年。

# 結章　新たなる約束

## 残された疑問

どうして、日本の戦後の作家の中で、ほとんど山崎豊子だけが、あれほどめりはりの効いた「男」を、男らしい男を、描くことができたのか？　彼女が、まるで自身が男であるかのように、男の視点から「男」を描きえたのはなぜなのか？　第一章でこのように問いを立てた。

ここまでの考察が含意する、この問いに対する答えは次のようになるだろう。鍵は、彼女の敗戦への対し方にこそあったのだ、と。一般には、「勝つこと」と「男らしさ」とは結びついている、両者は順接していると考えられている。勝つことにおいて「男」であることが示されるのだ、と。しかし、山崎豊子の小説が示したことは、日本の戦後においては、そのようにはならないということだ。原点における敗北を——まったく割り引くことなく——直視し、受け入れ、その意味するところを体験的に知ること、これが「男」であるための条件となる。「私（たち）は負けた。けれども……」という逆接、ねじれを通じて、「男」が構成されるのである。戦争に負けて、日本人は大義を失い、夥しい数の無念の死者を出した。山崎豊子の主人公たちは、その敗北と喪失をまずは全面的に引き受けた上で、けれども、「大義」を追求する。彼らが、私的利益ではなく、イエや企業の利益でさえもなく、普遍的な価値をもつと信じうる大義を見出し、追求していることが重要だ。その普遍性が、「大地」や「沈むことのない太陽」によって象徴されてきた。敗北は、自分たちがそのために尽くしてきた大義の否定を含意しているのだが、それをまずは百パーセント受け入れたうえで、そこから出発して、(もうひとつの)大義へと反転する。その反転の中に「男」がある。

だが、なお問うことができる。では、なぜ山崎豊子が、ほかならぬ彼女が、それをなしえたのか？　彼女が、日本人の標準的な態度と異なる——いやそれを徹底的に否定するような——構えで、敗戦の事実に臨みえたのはなぜなのか？　彼女が、そうした構えを表現する人物たちを創ることができたのはどうしてなのか？　最終的には、それは、山崎豊子という作家の個人的な資質に帰せられることであり、それ以上の説明は難しい。が、一足飛びにそのような結論に至る前に、言うべきことがある。

しかし、さらにその前に、もう一つ、解いておかなくてはならない疑問がある。山崎豊子は、いきなり、壹岐正や恩地元のような、正義の男を描くことができたわけではなかったことを思い起こしておこう。

＊

われわれは、山崎豊子が、ごく初期の作品から、船場物を主とする初期の作品から、いわば、男に華をもたせようとしていた、ということを確認しておいた。物語の表層では、女が中心を占めているようでいて、作家は、潜在的には、「男」を描こうとしている。「男」らしい人物を描きたいのだが、その人物が、性別の上では、女になってしまうのだ。それが、彼女の初期の作品の一般的な傾向である。たとえば、直木賞を受賞した『花のれん』では、夫は早々と妾宅で腹上死してしまい、その妻である主人公が、本来は夫が担うべき役割を果たし、エンターテイメント事業を成功に導いた。この筋は、今述べた事情、「男」らしい人物は女になる、という事情を、最もわかりやすく代表している。

彼女が初めて、「男らしい男」を造形しえたのは、つまり「男」であるその人物を実際に男として描くことに成功したのは、1960年代半ばに書いた『白い巨塔』においてである。だが、その男、財前五郎は、善や正義によって特徴づけられる大義をもたない。逆に、彼は、悪を、純粋な悪を代表している。1970年を挟むおよそ十年の間に山崎が書いた二本の代表的な長篇小説――『白い巨塔』と『華麗なる一族』――では、主人公は「男らしい男」として描かれているが、どちらも、「悪」を体現している。どうして、最初に描かれた男は、「悪」なのか？「男」らしい女（初期の作品）から、善・正義の使命を帯びた、わかりやすい「男」らしい男への移行は、一足飛びにはいかず、間には、「悪」を代表する「男」が入ってしまう。どうしてなのか？この疑問を、懸案として残してきた。それに、ここで答えておく必要がある。

## 戦後精神史の三段階

「男」らしい女　→　「悪」としての男　→　「善」としての男

この文脈で、私が、かねてより活用してきた「戦後精神史の三段階」の図式を導入しておくと、説明がやりやすい。人は、「現実」に意味を与え、「現実」を物語的に解釈して生きている。「現実」を秩序づける、その意味と物語の体系は、構成上の中心をもつ。その「現実」の秩序の中心自体は、「現実ならざるもの」、つまり「反現実」の形態をとる。ところで、「反現実」の様相はひとつだけではない。そのことは、「現実」という語に対置される反対語は、いくつもあることからも示唆される（「理想と現実」「夢と現実」「虚構と現実」等）。私の考えでは、「反現実」のどの様相が、主要な役割を果たしているのかで、日本の戦後史（１９４５年から始まり現在に至る期間）を次のように三つの段階に区分することができる。[1]

理想の時代　→　虚構の時代　→　不可能性の時代

各時代の長さは、四半世紀前後である。目下のわれわれの考察に関係しているのは、最初の「理想の時代」だけだ。『白い巨塔』や『華麗なる一族』が書かれたのが、「理想の時代」の末期、その爛熟的なピークにあたる頃だからである。理想の時代とは、社会の全体に関しても、また個人の人生に関しても、なにが到達されるべき「理想」であるかということのイメージがはっきりしていて、そのイメージについての社会的なコンセンサスがある時代である。「理想のよい社会」や「理想のよい人生」が何であるかについて、皆がほぼ同じイメージをもっている、ということだ。[2]

理想の時代の初期においては、社会的な意味での理想は、主として、政治的な形態をとった。「民主主義」とか、「平和」とか、（一部の人にとっては）「共産主義」が、理想の社会を意味する記号となった。理想の時代の後半、つまり１９６０年代からは、社会的な理想は、今度は、主に経済的な形態をとる。経済的な意味で豊かな社会、ＧＤＰや所得の高さによって表現される豊かな社会こそが、「理想」である。個人の人生における「理想」も、この理想の社会のイメージと相補的なかたちで形成される。理想の人生とは、たとえば「マイホーム」という記号によって意味される人生だ。東京の大企業で出世して、きれいな奥さんと結婚し、子供を（たいてい二人）育て、東京の郊外に一戸建ての家を得る。家は、自家用車や家電といった意匠によって飾られる。

このように書けば、山崎豊子の小説には、「理想の時代」の理想の頂点の付近で、そのゴールに近いところで、激しく争っているような人物たちが、たくさん登場していることに気づくはずだ。『白い巨塔』の主人公たち、国立大学の医学部の教授たちも、もちろんそうである。『華麗なる一族』は、タイトルが示す通りで、万俵家は、並の理想をさらに突き抜けた究極の富を代表している。その後の小説、『不毛地帯』や『沈まぬ太陽』の中に出てくる、エリートサラリーマンたちも、理想の時代の理想を典型的なかたちで生き、トップを争っている。

## 善なる理想の欺瞞

さて、疑問は、山崎豊子の初期の「男らしい男」の主人公が、「悪」を身に帯びざるをえないのはどうしてなのか、であった。ここでもう一度、「男」の定義を思い起こす必要がある。「男」

の条件は、「普遍的」と見定めた意義や妥当性をもつ大義への、妥協なき執着、自己否定にまで至る執念にある。１９７０年前後の山崎の作品の「男」たちが、「悪」を代表するものにならざるをえないのは、この時代の日本人の、善なる理想に、普遍性を宿らせることができないからだ。「男」が何がなんでも手に入れようとする普遍的な価値が、善としての理想には孕《はら》まれない。

どういうことか。この時代、善なる理想は、普遍性とは真っ向から対立する要素に、つまり私的な欲望や利害に汚染されており、そうした要素を隠蔽するヴェールにしかならない。たとえば、財前の教授昇進を阻もうとした、東教授たち浪速大学医学部教授会のメンバーのことを思うとよい。彼らは、医者としての倫理を理由にして、財前の昇進に反対する。彼らが根拠にする倫理は、善なるもので、かつ普遍的なものに見える。しかし、それは、財前に対する彼らの嫉妬を隠す口実でしかない。彼らは、真に厳格に、医の倫理の普遍性を追求する気などない。財前が同じくらい道徳的にいかがわしくても、無能だったら、東らは喜んで彼を次の教授に推しただろう。

あるいは、もっと典型的な例として、『不毛地帯』で、壹岐正を目の敵にしていた、近畿商事の里井副社長のことを思うとよい。里井だって、それなりに立派そうなことを言うにちがいなく、実際、本人はそうしているつもりだろう。会社のために。あるいは国益のために。そして、ときには、人類の幸福や福祉のために、とさえ言うかもしれない。だが、彼の行動を見ていれば、ひとつのことが確実だ。会社や日本や人類のために貢献してもよいが、それは、自分自身の昇進や幸福と矛盾しない限りでのことでしかない。いや、もっと積極的に、彼自身の昇進やサラリーマンとしての成功につながる限りで、より大きなもの、会社や国家や人類に尽くしましょう、と。

普遍性を装う理想が、私的な欲望による汚染を免れていない、というのはこのような状態を指している。

　山崎豊子から離れた例を、もうひとつ挙げておこう。われわれは本書の中で、何度も、『白い巨塔』を、松本清張の『砂の器』と比較してきた。ここで、もう一度、このミステリーを活用しよう。この小説は、理想の時代の「理想」の欺瞞を暴くものだったと解釈することもできる。「理想」は普遍的な意義をもつかのように提示されているが、その実、私的な利害の隠れ蓑になっている、という欺瞞を、である。新進気鋭の音楽家として成功しつつある主人公で犯人の和賀英良は、理想の時代において経済的に成功しつつあった「日本」の隠喩である。だが、和賀は、音楽という芸術のために、その普遍的な価値のために殉ずるつもりなど、これっぽっちもない。彼にとっては、音楽は、栄達の手段でしかない。だからこそ、彼は、自分の出自が露見しそうになったとき、人を殺めることになったのだ。彼がただ音楽の純粋性のために生きていたとすれば、彼の父親が「らい病」だったことなど、何の汚点でもなかったはずだ。

　これらの例（東教授、里井、和賀英良）はすべて、カントの「第二類型の悪」に属している（第六章）。第二類型の悪とは、倫理的な義務を履行しているかのように見せながら、実際には、私的な欲望を充足することであった。

　さて、すると、「男」を描くにはどうしたらよいのか？　どうしたら「男」にリアリティを与えることができるのか？　人はいかにして「男」になりうるのか？　「男」を成立させるのは、普遍性への過剰なまでの執着である。しかし、理想の時代のどんな善なる理想も、私的な欲望・

利害という染みを最後まで残さざるをえないのだとすれば、どうすればよいのか。回答は、善を徹底的に拒否すること、そのことにおいて私的な欲望や動機を拒否すること、にある。このような善の徹底した否定、絶対の悪によって、普遍性を実現するほかあるまい。つまり、カントの悪の三類型にはおさまらない、第四の悪だけが、普遍性への通路となるのだ。第六章で述べたように、財前五郎も万俵大介も、このような悪を完全に具現している、とまではいかないが、明らかに、三つの悪のうちに回収できない逸脱、第四の悪へと向かうベクトルを秘めている。「男」が、悪に、しかも過剰な悪に、最後には私的な利害を裏切り、蹂躙してしまうほどの悪に、向かうことになるのは、このためである。

## なぜ女の作家が?

だが、山崎豊子は、作家としての活動の全体を通じて、おそらく自身では意識することなく、ひとつのことを発見した。人を「男」たらしめる普遍性は悪を媒介にしてしか実現されないという戦後日本の条件は、乗り越えられる、ということを、である。どのようにして? これまで論じてきたことを確認することになる。

財前五郎の人生にも、万俵大介の人生にも、戦争はたいした痕跡を留めてはいない。彼らも戦争を体験しているはずだが、戦後の彼らの生き方の中に、戦争はいかなる影も落としてはいない。しかし、山崎は、1970年代の後半から、戦争を、いや敗戦を深い傷として生きざるをえない人物たちを中心においた小説を書き始めた。敗戦をまさに敗戦として受け取り、そこから(再)

出発せざるをえない人物たちを主人公にした小説を、である。

主人公を、徹底した敗北（敗戦）の渦中に投げ入れ、彼に、その敗北の体験を完全に最後まで通過させる。すると、化学変化のようなことが生ずる。もともとは、戦後社会の中に設定された善なる理想は、カントの第二類型の悪の方へと引きつけられ、芯の部分に私的な欲望や動機を残さざるをえない、そのため普遍性を宿すことができない、と述べてきた。しかし、敗戦を——否認することなく——経験した者にとっては、善や正義が、普遍性を帯びた大義として摑むことができるのである。こうして、山崎の作品の中に、善や正義のサイドに立ち、なおリアリティをもつ「男」たちが生み出された。

どうして、敗戦の体験にそのような効果があるのか。簡単に言えば、次のようなことだ。日本の戦後社会において掲げられ、追求された理想のいくつかは——すべてとは言わないが枢要ないくつかは——戦前にはなく（少なくとも重んじられはせず）、戦後になって日本人にあたえられたものである。日本人がそれを真に我がものにするには、かつて別の大義を正しいこととして信じていたということ、自分たちは徹底的に間違いに間違いぬいたということから、出発しなくてはならない。言い換えれば、大義の徹底した喪失から（再）出発しなくてはならない。そうした地点から、あらためて摑みなおされ、納得して受け入れた大義だけが、与えられたものでありながら、同時に自分のものとして固有化もされる。

そうではない場合、つまり原点の喪失（敗北）の体験を省略しようとした場合、与えられた理想や大義は、自己利益の追求のための手段としてのみ受け入れられるようになる。カント哲学の用語で言えば、定言命法（絶対無条件に成り立つ普遍的命令）として設定されるべきことが、仮言命法（特定の目的に役立つ限りで有効な命令）へと転換されて受け入れられることになるのだ[3]。

繰り返せば、戦後の社会において措定された理想から欺瞞を払拭するためには、「敗戦の否認」を解除しなくてはならない。つまり、敗戦そのものへと回帰しなくてはならない。これが、山崎豊子の小説が――ひとつの小説ではなく小説の集合が――示した教訓である[4]。

＊

だが、それにしても、どうして、山崎豊子だけが、「男」を、あれほど率直に敗戦の事実に向かい合う「男」たちを、描くことができたのだろうか？　究極的には、それは説明不能である。作家の個人的な想像力・創造力の問題だからだ。しかし、全面的にはその説明にはならないが、考慮に入れてよい条件が二つほどある。

第一は、彼女の年齢である。山崎豊子は、大正13年に生まれている。第一章で三島由紀夫について言及する中で暗示しておいたのだが、この世代、つまり大正から昭和へと切り替わる頃に生まれた世代は、戦争・敗戦に最も敏感に反応せざるをえない。彼らは、昭和20年の敗戦の時点で、ちょうど二十歳前後になる。この世代に属し、戦争の影の中を生きた作家・思想家としては、鶴見俊輔、吉本隆明、井上光晴などがいる。

それよりも若ければ、たとえば敗戦時に十代前半であったならば、その人は、まだ子どもであって、戦争にも敗戦にも何の責任も感じないだろう。それは、ただの自然災害と変わらない。逆に、敗戦のときにもっと年長で、たとえば三十歳を超えていたとすれば、その人はまちがいなく戦争に向かい、結局、惨めな敗北に終わった過程に何らかの責任があったと言わざるをえないが、しかし、敗戦にともなう激変に柔軟に対応するには、年齢が高すぎる。

しかし、敗戦時に二十歳前後の者は違う。客観的に見れば、彼らの戦争責任はそれほど大きくはない。しかし、彼ら自身は、そうした客観的な認定をこえて、過剰な責任を感じるのではないか。彼らは、すでに大人として、この社会に参加してしまっているからだ。それと同時に、彼らは、まだ獲得したばかりの価値観に懐疑の目を向ける柔軟性ももつに違いない。大正最末期から昭和のごく初期にかけての期間に生まれた者たちこそ、日本の敗戦という体験の根幹を規定した最も重要な世代である。

第二に、誰もがほんとうはすぐに気づくが、あからさまには指摘しにくい条件があるのだ。山崎豊子が、「男」を描くことができたのは、しかも「男」のように描くことができたのは、彼女が女だったからである。もし男であったら、敗北にさらされた男を描くことは、より難しかったに違いない。どうしてか？　戦前の制度のことを考えれば、女は、男ほどには、戦争の遂行と敗北に重い責任はない。もちろん、女も、日本人として、敗者の陣営に属していたことは確かだし、戦争に協力もしただろう。しかし、参政権もなかった女に、男と同等な責任を担わせることも誤りだ。つまるところ、女は、男ほどには完全には負けてはいない。それゆえにこそ、女である山崎豊子が、自国の敗者を率直に描くことができた、という事実を無視するわけにはいかない。

逆に言えば、山崎豊子がなしたようなことを、男ができなかったことに、日本の戦後の不幸があった、とも言える。男が、まさに敗北ということを根拠にして「男」であるような人物を創造することができたら、どうだっただろうか。敗北の意味を小さくしたり、あるいは敗北を否認したり、また敗北を相殺するような何かよいことを行ったということを理由にして、かっこいい「男」を描くことは、それほど難しくはない。しかし、敗北そのものを根拠にして、「男」であるような人物を造形することは、そして実際にそのように生きることは、難しい。しかし、山崎豊子の長篇小説は、そのような「男」を描いている。

## 新しい約束

最後にもう一度、戦後生まれの世代にとっての敗戦（の否認）という主題に立ち戻ろう。第十二章で、われわれは次のように論じた。実際には戦争を遂行したわけではない世代にとっても、したがって敗北を実際にはまったく体験していない世代にとっても、敗戦の否認という問題はあるのだ、と。「敗戦の否認」は、戦後世代にも継承されてしまう、と。敗戦の自覚も、それを否認したとの自覚も、当然、戦後世代にはまったくない。それだけに、敗戦の否認は、戦後世代にとってより深刻な問題となる。戦後に生まれ育った世代は、どうしたら、その無意識の「敗戦の否認」を解除することができるのか？　この問いへの回答が、山崎豊子の未完の遺作に暗示されている。

まず、あらかじめ確認すべきことがある。戦争に負けるということは、生き残った者が、そして後続の世代が、ある「約束」を守ることができなくなることだ。誰との約束か？　戦場で戦った者との、とりわけ戦場で死んだ自国の戦士との約束である。

彼らがそれのために戦ったこと、それのために犠牲になったものがある。彼らは、それがよきものであって、生き延びた者、後から生まれてくる者が、それを継承してくれることを前提にして戦い、ときに命を落とす。つまり、そのような約束が後続世代との間に結ばれているかのように、彼らはふるまう。

ところが、総力戦に完全に敗れるということは、生き延びた者にとっては、もはや、「それ」を継承するわけにはいかなくなった、ということである。戦後を生きる者は、それを実は間違ったこと、無価値なものと見なさざるをえない。だが、そうだとすると、戦場で散った死者たちは、何のために死んだのか？　彼らの犠牲は、何のためのものだったのか？　もし戦場で死んだとしても、その死が何か価値あるもののための犠牲であるならば、死者は救われる。しかし、それのために自分が犠牲になった「それ」が、無価値であるとされたとき、死者は、もう一度葬り去られる。死者は、今度こそほんとうに死ぬのだ。それは、死者が、戦後を生きるわれわれと取り交わしたつもりの約束を、われわれの方では果たせなくなったことによって生ずる。

約束を破棄された死者は辛い。そして、約束を違え、死者を裏切らざるをえないわれわれ生者の方も辛い。しかし、これが「負けた」ということなのである。

＊

さて、こうしたことを念頭に置いた上で、未完の『約束の海』をもう一度、見てみよう。第十二章で述べたように、この小説は、三部で構成される予定だったが、一部だけ書かれたところで、山崎は亡くなった。シノプシスによれば、第二部で、主人公の花巻朔太郎の父和成は、開戦劈頭のあの真珠湾攻撃のとき、米艦船を撃沈せよとの使命を負って、突撃した、特殊潜航艇に乗っていたことが判明する。潜航艇は二人一組で乗り、全部で五艇あった。つまり、花巻和成を含む十名が、この任務にあたった。しかし、何の戦果もあげられず、和成以外の九名は戦死した。和成だけは、捕虜になった。つまり、花巻和成は、米軍の捕虜になった最初の日本兵である。『約束の海』第二部で、朔太郎は、ハワイに渡り、父和成が、捕虜として、米軍の厳しい取り調べに抵抗し、ひとり戦い続けていたことを知ることになる。

山崎豊子は、どうして、主人公の父として、この人物を選んだのか？　どうして、このような設定にしたのか？　今しがた、われわれは、戦場で戦った者は、敗戦後、約束を破棄され、自国の生者によって裏切られることになる、と述べた。だが、日本人捕虜第一号の花巻和成は、戦争の真っ最中にすでに、裏切られている。自国民に、である。どういうことか？　戦争が進み、戦況が悪くなってきた頃、パールハーバーで戦死した、特殊潜航艇の乗組員は、軍神として祀られるようになる。九軍神、として。潜航艇の乗組員は、2×5で十人のはずなのに、なぜ「九」軍神なのか。捕虜となった一人（和成）は、恥ずべき者として「いなかったこと」にされてしまったからだ。戦果なく死んだ者は、英雄として救済されているのに、捕虜としてまだ戦っている者には、死以上の死が与えられている。いずれにせよ、敗戦後は、戦場でのすべての死者（日本人の死者）は、裏切られることになる。その裏切りを、戦争の最中において、生きたまま、先取り的に体験させられているのが、日本人捕虜第一号の花巻和成である。負ける前に敗北の過酷な意味を体験せざるをえなくなった、この特殊な人物を、あえて選び、その息子を主人公に据えたのである。

繰り返そう。敗戦は、生き延びた者、戦後を生きる者が、死者との約束を果たせなくなること、死者を裏切らざるをえなくなることを意味している。この苦しみを克服する方法は、論理的には二つある。一つは、それでも約束を果たそうとすることだ。それは、具体的には、戦前の価値へと回帰することを意味する。彼らの犠牲は、単純に報われている、とするのだ。これは、敗戦の否認どころではない。敗戦の事実の端的な否定であって、とうてい受け入れられない。もう一つは、約束などもともとなかった、とすることである。大半の日本人がとっているのは、この選択肢である。しかし、これこそ、まさに敗戦の否認と同じことである。

どちらも問題があるとすれば、どうすればよいのか。『約束の海』は、第三の選択肢を示唆している。それこそ、タイトルにある「約束」である。すなわち、約束の結び直し、約束の更改だ。

シノプシスによると、第二部の最後で、花巻朔太郎は、死期が迫っている父和成と、最初で最後の親子旅行に出る。二人は、愛媛県の三机《みつくえ》の海の前に立って、初めて戦争について語り合う。この海は、和成が、真珠湾攻撃のために特殊潜航艇で特訓を受けたところである。息子の朔太郎が、この海は、日米の艦船が沈んでいる鎮魂の海だ、と述べると、和成はこう応ずる。

「そうだ、この日本の海を、二度と戦場にしてはならないのだ。それが俺とお前だけの約束にならぬように、信念を貫き通せ」

戦後を生きる者は、戦場で戦った者と、ときには死者と、約束をあらためて結ぶのだ。今までの約束は無効とされる。このことについて、生者の方は死者に謝らねばなるまい。その代わり、別の約束を結ぶのである。死者が、敗北を通じて逆説的に示した、新しい価値観に基づいて。これこそが、敗戦を否認せずに、なお敗戦を乗り越える方法ではないか。

1　と言っても、これは、私の完全な独創ではない。我が師、見田宗介が提案した図式を、少し修正しているだけだ。見田宗介は、本文に解説したような着想から、戦後史を、「理想の時代→夢の時代→虚構の時代」という三段階に整理した。「理想」も「夢」も「虚構」も、それぞれ違った意味で「現実」という語の反対語として使われる（『社会学入門』岩波新書、２００６年）。私は、夢の時代を、理想の時代と虚構の時代に振り分けた上で、見田の三段階の後に、不可能性の時代を付け加えた。詳しくは、以下を参照。大澤真幸『増補　虚構の時代の果て』ちくま学芸文庫、２００９年。大澤真幸『不可能性の時代』岩波新書、２００８年。

2　後続の二つの時代、つまり虚構の時代、不可能性の時代の理解は、これより少し難しい。だが、理想の時代を基準にして考えると、これらもわかりやすくなる。理想の時代の「理想」が消え去ってできた空所に、まずは虚構が、そして不可能性が入るのだ、と。

3　たとえば、憲法九条が含意する絶対平和主義がまさに普遍的に妥当な道義的命令だから、これを実行しよう、と考えるとすれば、それは定言命法的である。しかし、米軍の援助を受けやすいからとか、戦争に行かずにすむからとか、軍事費を節約できるからとか、といった理由で、この条文を維持するとしたら、それは仮言命法的なものになる。

4　同じ含意を、別の作家の、まったく趣を異にする作品からも引き出すことができる。別の作家とは、第九章でも引いた山田太一である。第九章では、『男たちの旅路』を参照したが、ここでは、『岸辺のアルバム』（１９７７年、ＴＢＳ）を見よう。このたいへん有名なドラマは、まことに幸福そうな中流階級の家族を主人公としている。

東京の郊外、多摩川縁の一軒家に住むこの家族は、一流商社に勤める父親、美しい専業主婦、そして一流の私立大学に通う長女、大学受験を目指す長男で構成されている。これはまさに理想の時代が「理想」としている家族、マイホームをもつ家族だ。しかし、この家族は実はすでに崩壊している（父は仕事がうまくいかず非合法的な商売に手を出しており、妻は孤独に耐えられず、別の男性と不倫関係にあり、そして長女は、アメリカ人の恋人に裏切られ、その友人に強姦された）。この家族が和解し、再出発を決意するまでの過程を、山田太一は繊細に描くのだが、ここでは、最後のまさに再出発を誓う場面だけ注目しておこう。台風によって多摩川が氾濫して、彼らの一軒家は流されてしまう。台風が去ったあと、四人は、下流に残された彼らの家の屋根を見つけ、その上にすわって語り合う。「さっぱりしていいじゃないか」と。これを見て、われわれは、この家族が、それまでの虚偽性を払拭し、立ち直るはずだという確信をもつ。この場面について、長谷正人は興味深いことを書いている。崩壊した屋根から見える原っぱのような光景は、「戦後日本の焼け跡」を連想させる、と（前掲『敗者たちの想像力』35頁）。これは、牽強付会な感想ではない。というのも、長谷が指摘しているように、山田太一はこの作品の数年後に、実際、東京郊外の一軒家に住む中流の家族が戦時中の、空襲にさらされている東京にタイムスリップして送られるというＳＦ的な小説を書いているからだ（大澤真幸『近代日本のナショナリズム』講談社選書メチエ、２０１１年、第３章）。つまり山田は、『岸辺のアルバム』でも、「洪水」という設定を利用して、この家族を、敗戦直後の日本（と同じ状態）に差し戻そうとしている可能性が高い。とすれば、ここには、理想の時代の理想にとり憑いた欺瞞を超克するためには、敗戦の体験からやり直す必要がある、という直観が働いていることになるだろう。

| | 山崎豊子　人生&作品年表 |
|---|---|
| 一八四八 | 「小倉屋山本」創業 |
| 一九二四 | 船場の老舗昆布店「小倉屋山本」の長女として誕生 |
| 一九三六 | 蘆池小学校を卒業 |

| | 日本／世界の出来事（作品関連中心に） |
|---|---|
| 一八六八 | ハワイ（アメリカ）への移民始まる |
| 一九〇三 | 大阪で、第五回内国勧業博覧会開催 |
| 一九〇四 | 日露戦争 |
| 一九一二 | 吉本興業創業、寄席経営を始める。初代通天閣建設 |
| 一九一七 | この頃、安来節大流行 |
| 一九二三 | 関東大震災 |
| 一九二四 | 排日移民法施行（アメリカ） |
| 一九二五 | 治安維持法公布（共産主義・反天皇制の運動を取締対象） |
| 一九二六 | 大正天皇崩御、昭和天皇即位 |
| 一九三一 | 満州事変 |
| 一九三二 | 満州国建国、満蒙開拓移民を募集 |
| 一九三三 | ミュンヘン郊外、ダッハウ強制収容所設置（ドイツ） |
| 一九三四 | 室戸台風、京阪神地方を中心として甚大な被害をもたらす |
| 一九三六 | 二・二六事件 |
| 一九三七 | 盧溝橋事件 |
| 一九三八 | 国家総動員法制定（統制経済）。初代通天閣、吉本興業が買収 |
| 一九四〇 | アウシュヴィッツ＝ビルケナウ強制収容所建設（ドイツ、ポーランド） |

| | |
|---|---|
| 一九四一 | 相愛高等女学校を卒業 |
| 一九四三 | 京都女子専門学校卒業 |
| 一九四四 | 毎日新聞大阪本社調査部入社 |
| 一九四五 | この頃日記を付けていた（『山崎豊子スペシャル・ガイドブック』収録）。学芸部に異動、副部長の井上靖に指導を受ける |
| 一九五〇 | この頃より、勤務のかたわら『暖簾』の執筆にかかる |

| | |
|---|---|
| 一九四一 | 真珠湾攻撃、太平洋戦争始まる。パーレビ国王即位（イラン） |
| 一九四二 | アメリカ西海岸沿岸州とハワイで日系アメリカ人と日本人移民、強制収容所に入れられる。日米戦時交換船始まる。マンハッタン計画（核兵器開発プロジェクト）始まる（アメリカ） |
| 一九四三 | 初代通天閣、鉄材を軍需資材として「献納」という名目で解体。学徒出陣 |
| 一九四四 | 第四四二連隊戦闘団（日系人部隊）が、ドイツ軍に包囲された「テキサス大隊」を救出（フランス） |
| 一九四五 | 大阪大空襲、沖縄戦、広島・長崎に原爆投下、玉音放送、降伏文書調印式。／シベリア抑留（ソ連）。第二次国共内戦始まる（中国） |
| 一九四六 | 極東国際軍事裁判（東京裁判）始まる。ワシントンハイツ（米軍住宅）建設（現・代々木公園）。農地改革法成立 |
| 一九四七 | 日本国憲法施行 |
| 一九四八 | 極東国際軍事裁判判決言い渡し、刑の執行。／長春包囲戦（中国） |
| 一九四九 | 大阪で「関西勤労者音楽協議会」（労音）結成。／中華人民共和国成立（中国） |
| 一九五〇 | 警察予備隊設置。／朝鮮戦争勃発（朝鮮半島） |
| 一九五一 | 志摩観光ホテル開業。／サンフランシスコ平和条約 |

| | |
|---|---|
| 一九五七 | 『暖簾』を発表 |
| 一九五八 | 『花のれん』で第三十九回直木賞を受賞。毎日新聞社を退社、作家生活に入る。映画「暖簾」公開（森繁久彌主演） |
| 一九五九 | 短編集『しぶちん』、『ぼんち』上巻刊行。大阪府芸術賞受賞 |
| 一九六〇 | 『ぼんち』下巻を刊行。「女の勲章」を〈毎日新聞〉朝刊に連載開始 |
| 一九六一 | 『女の勲章』刊行。渡仏、パリの街を歩く。結婚 |
| 一九六二 | 野上孝子、秘書となる（終生に至る） |
| 一九六三 | 『女系家族』刊行。「白い巨塔」を〈サンデー毎日〉に連載開始 |
| 一九六四 | 『花紋』刊行。「白い巨塔」取材で、ベルリン、ハイデルベルク、ミュンヘン郊外ダッハウのユダヤ人強制収容所見学 |
| 一九六五 | 「ムッシュ・クラタ」を〈新潮〉に発表。『白い巨塔』刊行。「仮装集団」を〈週刊朝日〉に連載開始 |
| 一九六六 | 映画「白い巨塔」公開 |

| | |
|---|---|
| 一九五二 | 日米安保条約発効 |
| 一九五三 | ディオール、東京でショーを開催 |
| 一九五四 | 第五福竜丸被爆事件。自衛隊設立 |
| 一九五六 | 最後のシベリア抑留者帰国 |
| 一九六〇 | 国会周辺で反対運動など行われる中、新日米安保条約が発効 |
| 一九六一 | 第二次防衛力整備計画決定。／ベルリンの壁、建設（ドイツ） |
| 一九六三 | 東京音楽文化協会（東京音協）設立、民主音楽協会（民音）設立 |
| 一九六四 | 東京五輪開催 |
| 一九六五 | 山陽特殊製鋼倒産。／ベトナム戦争本格化。第二次インドパキスタン戦争勃発 |
| 一九六六 | 医学部無給医局員診療拒否闘争始まる。／文化大革命始まる（中国） |

| | |
|---|---|
| 一九六七 | 『仮装集団』刊行。「続白い巨塔」を〈サンデー毎日〉に連載開始 |
| 一九六九 | 『続白い巨塔』刊行 |
| 一九七〇 | 「華麗なる一族」を〈週刊新潮〉に連載開始 |
| 一九七三 | 『華麗なる一族』刊行。「不毛地帯」の取材始まる、〈サンデー毎日〉に連載開始 |
| 一九七四 | 映画「華麗なる一族」公開 |
| 一九七六 | 『不毛地帯』（一、二）刊行。映画「不毛地帯」公開 |
| 一九七八 | 『不毛地帯』（三、四）刊行。ハワイ州立大学に客員教授として招聘される。テレビドラマ「白い巨塔」（田宮 |

| | |
|---|---|
| 一九六七 | 第三次中東戦争（六日戦争） |
| 一九六八 | 東大医学部学生、登録医制度に反対し無期限ストに突入（東大紛争）。／日本航空サンフランシスコ湾着水事故（アメリカ） |
| 一九六九 | 第一銀行、三菱銀行の合併が発表されるも、後日、白紙撤回 |
| 一九七〇 | よど号ハイジャック事件。クライスラーと三菱重工業との合弁で、三菱自動車工業を設立。三島由紀夫自決事件 |
| 一九七一 | 外務省機密漏洩事件（西山事件）。第一銀行と日本勧業銀行が合併、第一勧業銀行誕生 |
| 一九七二 | 浅間山荘事件。沖縄返還。日中国交正常化。／日本航空ニューデリー墜落事故（インド）、日本航空シェレメチェボ墜落事故（ソ連） |
| 一九七三 | 神戸銀行と太陽銀行が合併、太陽神戸銀行誕生。／パリ和平協定（米軍、ベトナムから撤退） |
| 一九七六 | ロッキード事件。／南北ベトナム統一 |
| 一九七七 | 文化大革命終結（中国） |
| 一九七八 | 在日米軍駐留経費負担（思いやり予算）始まる。ダグラス・グラマン事件（日米間の戦闘機購入に絡んだ汚職事件）。／上海宝山製鉄所建設着工（中国） |

| | |
|---|---|
| | 二郎主演）が話題を呼ぶ |
| 一九八〇 | 「二つの祖国」を〈週刊新潮〉に連載開始 |
| 一九八一 | 『華麗なる一族』中国語版刊行 |
| 一九八三 | 『二つの祖国』刊行 |
| 一九八四 | 中国社会科学院外国文学研究所の招きで訪中。『二つの祖国』が「山河燃ゆ」のタイトルで、ＮＨＫ大河ドラマとして一年間放映される（松本幸四郎主演） |
| 一九八七 | 「大地の子」を〈文藝春秋〉に連載開始 |
| 一九八九 | 胡耀邦前総書記死去、北京へ弔問に |
| 一九九一 | 『大地の子』刊行。文藝春秋読者賞受賞。ケニア旅行 |
| 一九九三 | 短編集『ムッシュ・クラタ』刊行。戦争孤児の子女の奨学助成を目的とする「山崎豊子文化財団」を設立 |
| 一九九五 | 「沈まぬ太陽」を〈週刊新潮〉に連載開始。『大地の子』がＮＨＫでテレビドラマ化（上川隆也主演） |
| 一九九六 | 『「大地の子」と私』刊行 |

| | |
|---|---|
| 一九七九 | フォードとマツダ、資本提携。イラン革命、パーレビ国王失脚（イラン） |
| 一九八一 | 中国残留孤児・訪日肉親捜し開始 |
| 一九八五 | 日航ジャンボ機墜落事故。先進5か国（G5）蔵相・中央銀行総裁会議により、プラザ合意発表、円高進む。／上海宝山製鉄所第1高炉の火入れ式（中国） |
| 一九八八 | なだしお事件。／日系アメリカ人補償法で、強制収容された日系アメリカ人に謝罪（アメリカ） |
| 一九八九 | 昭和天皇崩御、平成天皇即位。／天安門事件（中国）。冷戦の終結 |
| 一九九一 | ソ連崩壊 |
| 一九九五 | 阪神淡路大震災。地下鉄サリン事件。沖縄米兵少女暴行事件 |
| 二〇〇一 | 中国残留孤児集団訪日調査、打ち切り。／アメリカ同時多発テロ事件（9・11） |

| | | | |
|---|---|---|---|
| 一九九九 | 『沈まぬ太陽』刊行 | 二〇〇二 | 北朝鮮による拉致被害者の一部帰国 |
| 二〇〇三 | 全集第一期刊行開始。テレビドラマ「白い巨塔」（唐沢寿明主演）放送 | 二〇〇三 | イラク戦争 |
| 二〇〇五 | 「運命の人」を〈文藝春秋〉に連載開始 | 二〇〇四 | 中国原子力潜水艦領海侵犯事件 |
| 二〇〇七 | テレビドラマ「華麗なる一族」（木村拓哉主演）放送 | 二〇〇八 | リーマン・ショック（金融危機） |
| 二〇〇九 | 『運命の人』、エッセイ・対談集『作家の使命 私の戦後』『大阪づくし 私の産声』『小説ほど面白いものはない』刊行。映画「沈まぬ太陽」（渡辺謙主演）公開。『運命の人』が第六十三回毎日出版文化賞特別賞受賞 | 二〇一〇 | 日本航空倒産 |
| 二〇一一 | 「約束の海」取材開始 | 二〇一一 | 東日本大震災 |
| 二〇一三 | 「約束の海」を〈週刊新潮〉に連載開始（翌年一月まで）。同連載が第六回まで掲載された、九月二十九日、死去。戒名松壽院殿慈簾翠豊清大姉 | | |
| 二〇一四 | 『約束の海』刊行。全集第二期刊行、完結 | 二〇一四 | 集団的自衛権行使容認（国会周辺で反対運動など行われる） |
| 二〇一六 | テレビドラマ「沈まぬ太陽」（上川隆也主演）放送 | 二〇一六 | 安倍首相真珠湾訪問、真珠湾攻撃の犠牲者を慰霊 |

# あとがき

正直に言えば、私は、山崎豊子さんの熱心なファンだったわけではない。最初から、「山崎豊子」という作家に、何らかの学問的な関心をもっていたわけでもない。だが、こうして山崎豊子について論ずる前から、彼女の小説をほとんどすべて読んでいたし、それらを原作とする映画やドラマもかなり見ていた。

私が山崎作品を読んできたのは、一種の「社会勉強」のためである。彼女の小説が描く世界は、私が直接体験している世界とかけ離れている。たとえば、私は、商社や銀行といった大企業のサラリーマンとしての仕事と生活を知らない。まして、中国に残された戦争孤児の実態を知らない。私は、大学に勤めていたので、教授だ、助教授だ、ということがそれなりに大きな問題になる世界を知ってはいるが、私が在籍していた学部は、財前五郎がいた医学部とは大きく違っていて、私の周囲には、教授になるために教授会メンバーや選考委員にお金をばらまいた人はいない。要するに、私は、自分がよく知らない世界について具体的に学ぶために、彼女の小説を読んだり、それらを原作にした映像作品を見てきたりしたのである。

しかし、ある頃から、本書に書いたようなことが気になりはじめた。彼女の作品の主人公ほどに明白な「男」は、ほかのどの作家の作品の中にも見いだすことができない。紋切り型と言えば紋切り型なのだが、それなのに、他の作家の作品の登場人物には、同じような「男」はいない。多くの場合、実在のモデルがあるのに、現実には、彼女の主人公のような「男」に出会うことはまずない。この印象をさらにはっきりと裏打ちしてくれたのが、第一章の冒頭で引用した、浅田次郎氏による山崎さんへの追悼の文章である。他の人も同じような感想をもってきたのだな、と。

どうして、山崎豊子さんの小説にだけ、あれほど、メリハリが効いた「男」が出てくるのだろうか。やがて、このことに、日本の戦後史を貫く問題を具体化するゆゆしき意味があると思うようになった。つまり、そこに現れているのは、山崎豊子という作家の事情ではなく、彼女の作品の「男」に惹きつけられてきた戦後日本人の心性についての隠された真実である。だから、彼女が鬼籍に入った年の終わり、追悼の意味も込めて朝日新聞の読書欄に寄稿した文章で、このことを書いた。

この文章が、新潮社で山崎豊子を長く担当してきた矢代新一郎さんの目に留まり、本書のもとになる文章の執筆の依頼を受けた。本書は、新潮社のPR誌『波』に一年間連載した文章を修正し、これに加筆したものである。

論文や批評のような文章を書くときには、普通は、かなりの準備が必要になる。多数の文献を読んだり、統計データを調べたり、何かを見学に行ったり、誰かの話を聞いたり、と。とりわけ、明確な構想やプランをもった連載のときには、膨大な量の本や論文を読まなくてはならない。しかし、この「山崎豊子」の連載に関して言えば、私は、執筆のための特別な準備や読書をほとんどせずに済んだ。もともと社会勉強で彼女の小説の大半を読んでいたということも一因だが、もっと大きな要因は、矢代さんである。矢代さんは、「生ける山崎豊子事典」のような人で、私の記憶の誤り、勘違いをことごとく直してくださり、ときには、どの本にも書いてはいないことまでも、教えてくださった。おかげで、私は事前の研究をほとんどしなかったのに、安心して執筆を進めることができた。矢代さんに心からのお礼を申し上げたい。

単行本にするにあたっては、新潮社出版部の中島輝尚さんにお世話になった。「新潮社の大きな財産である山崎豊子の小説について大澤さんが書くことに意義があるんですよ」などと言ってもらえたら、書き手としては意気に感じないわけにいかない。ありがたいことである。

というわけで、本書は、新潮社のお二人の編集者のおかげで、世にでることができた。このことをここにはっきりと記しておきたい。

大澤真幸

2017年2月9日

本書は「波」二〇一六年三月号から二〇一七年二月号の連載に加筆を施したものです。
「まえがき」「結章」「あとがき」は、書き下ろしです。

新潮選書

山崎豊子《やまさきとよこ》と〈男《おとこ》〉たち

著　者………………大澤真幸《おおさわまさち》

発　行………………2017年5月25日

発行者………………佐藤隆信
発行所………………株式会社新潮社
〒162-8711 東京都新宿区矢来町71
電話　編集部 03-3266-5411
読者係 03-3266-5111
http://www.shinchosha.co.jp
印刷所………………大日本印刷株式会社
製本所………………株式会社大進堂

乱丁・落丁本は、ご面倒ですが小社読者係宛お送り下さい。送料小社負担にてお取替えいたします。価格はカバーに表示してあります。

ISBN978-4-10-603807-5 C0395